# 정의의 이름으로

# 정의의 이름으로

양호문
장편소설

(주)자음과모음

# 차례

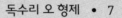

# 독수리 오 형제

일이 터진 것은 수업 시간이 10분쯤 남았을 때였다. 정확하게는 5교시가 거의 끝나 가는 2시 41분이었다. 된장이 침을 튀기며 한창 내용 설명을 하고 있었다. 하지만 많은 아이가 식곤증으로 꾸벅꾸벅 조는 중이었다. 상위 그룹 아이들도 더위로 인해 자세가 조금씩 흐트러진 상태였다. 나 역시 눈이 자꾸 감겼다. 그 때문에 책상 위에 펼쳐 놓은 교과서가 보였다 안 보였다를 반복했다. 담임 된장의 설명이 마치 슈베르트의 자장가처럼 들리기 시작한 시점이었다.

"그게 말이 됩니까?"

뒤에서 누군가가 소리쳤다. 유리창이 흔들릴 정도로 아주 큰 목소리였다. 모두들 깜짝 놀라 뒤를 돌아다보았다. 지항구였다. 맨 뒷자리에 앉아 있던 지항구가 벌떡 일어남과 동시에 소리를 지른 것이었다.

　지항구는 수업 시간 내내 말 한마디 않고 묵묵히 앉아 있기만 하는 아이였다. 마치 나무토막처럼. 지난 3월 중순 담임이 전학생이라며 그를 교실로 데리고 들어왔다. 나이가 우리보다 한두 살 많다는데 정확히 몇 살이 많은지는 아무도 몰랐다. 성폭행 죄로 소년원에 2년간 수감되었다가 나왔다는 소문도 나돌았다.

　그게 말이 됩니까? 지항구가 내뱉은 그 질문은 단순한 질문이 아니었다. 잘못을 따지는 추궁 조의 말투였다. 항구는 꼿꼿이 서서 담임 된장을 노려보았다. 경멸이 가득 찬 눈빛이었다. 그 눈빛 속에는 가느다란 살기도 한 가닥 섞여 있었다. 두 주먹을 불끈 쥔 자세가 금방이라도 교단으로 달려가 된장의 멱살을 잡아챌 듯했다.

　놀라기는 된장도 마찬가지였다.

　"뭐? 뭐라고?"

　담임 된장은 겨우 그렇게 되묻고서 어안이 벙벙한 표정을 짓고 있었다. 지항구가 무슨 말을 했는지, 왜 수업 중에 일어서서 자기를 노려보는지 전혀 감을 잡지 못했다. 느닷없는 돌발 사태에 어떻게 대처해야 할지를 몰라 쩔쩔매고 있었다.

　일은 거기서 끝이 아니었다. 된장을 싸늘하게 노려보던 지항구가 주섬주섬 책가방을 챙기더니 그것을 어깨에 둘러메고 교실 밖으로 나가 버렸다. 다시는 돌아오지 않을 것 같은 걸음걸이였다.

보통의 보폭으로 걷는 걸음이었으나 무게와 절도가 있었다. 38명의 아이들 중 따라 나가서 그를 붙들어 만류하는 아이는 아무도 없었다. 그만큼 지항구는 우리와는 어울리지 않았고 우리도 그를 그저 그렇고 그런 놈으로 치부하며 멀리했다. 항구는 친구 한 명 없이 항상 혼자 지내 왔다. 담임도 간혹 그런 그를 부담스러워하는 표정을 짓곤 했다.

"어? 어? 어?"

된장은 어찌할 바를 모르고 어어? 소리만 반복했다.

졸음이 달아난 나는 된장의 설명을 되뇌어 보았다. 우리나라 근현대사 중 해방 직후 정치 혼란기를 다룬 내용이었다. 그러나 정확히 어느 부분에서, 무엇 때문에 지항구가 그런 반응을 보였는지 알수가 없었다.

"아니! 저놈 대체 왜 저러는 거야, 반장?"

"글쎄요. 모, 모르겠는데요."

"아는 사람 없어?"

된장이 모두를 둘러보며 물었다. 다소 신경질적인 목소리였다. 하지만 그 이유를 아는 아이는 한 명도 없었다. 된장이 고개를 돌려 운동장을 바라보았다. 지항구가 운동장을 가로질러 교문 쪽으로 향하고 있었다. 그는 강하게 내리꽂히는 한낮의 햇살을 고스란히 받으며 뚜벅뚜벅 걸었다. 아까 교실을 나갈 때의 걸음걸이와 조금도 다름이 없었다. 된장의 표정이 점점 굳어져 갔다. 왼손을 들어 자신의 턱을 쓰다듬으면서 계속 항구를 노려보았다. 빨간 루비 보석이 박힌 큼직한 금반지가 담임의 손가락에서 반짝였다. 담임의 일그러진 얼굴 표정을 살피고 있으려니 나도 저절로 인상이 써졌다.

실망스러웠다. 시설도 괜찮고 명성도 있고 학교는 그런대로 다닐 만한데 딱 한 가지가 실망스러웠다. 우선 외모부터가 마음에 들지 않았다. 작달막한 키에 뚱뚱한 체격, 불룩 나온 배가 마치 된장 항아리를 연상케 했다(실제 키는 171센티미터 정도 되는 보통 키였으나 뚱뚱해서 더 작아 보임. 그리고 우리는 정말로 그를 된장항아리라고 불렀음. 특히 나는 그를 젠장이라고 단축 변형시켜 불렀음). 게다가 얼굴도 폭삭 늙어 교장 선생님보다 나이가 더 들어 보였다. 하지만 염색을 하는 건지 머리카락은 늘 새까맸고 풍성했다. 그리고 항상 녹색을 약간 입혀 선글라스처럼 보이는 커다란 안경을 쓰고, 고급스런 양복을 입고, 유명 메이커 구두를 신고 다녔다. 그런 걸로 보아 수입이 꽤 되는 모양이었다. 소문에 의하면 집안이 원래 부자였고, 와이프가 무슨 사업을 해 고급 승용차로 아침마다 출근을 시켜 준다는데, 확인되지는 않았다.

바로 담임이었다. 고등학교에 올라와서 처음으로 만난 담임은 완전 비호감이었다. 쓸데없이 근엄하게 무게만 잡고 목소리만 높았다. 조금 봐줄 만한 것이 있다면 수업에 대한 열정이었다. 그러나 그 열정도 너무 지나쳐 자주 도를 넘곤 했다. 그는 수업 시간 내내 자기 흥에 도취돼 혼자서 침을 튀기며 떠들어 댔다. 어렸을 적 엄마를 따라가서 봤던 가락동 농산물 시장의 양배추 장사 같았다 (별명을 양배추로 하자는 의견이 다수 있었으나 채택되지 않았음). 그것은 5월 하순이 되어서도 전혀 바뀌지 않았다. 오히려 그 정도가 더욱 심해져 가는 추세였다.

"끄응~!"

담임이 괴로운 신음을 한 번 토해 냈다. 그런 뒤 곧 원래의 표정을 되찾고 다시 입을 열었다.

"자, 정신 집중! 그래도 세상은 정의롭다. 사필귀정! 결국 정의가 이기게 되어 있어. 그게 세상의 섭리야. 에, 덧붙여 말하자면, 너희들 이걸 알아야 되는 거야. 우리나라 대한민국은 자유, 민주, 복지국가야! 너희는 우리나라에 태어난 걸 천만다행으로 알란 말이야. 세계 어느 나라를 가든 고개를 빳빳이 세우고 자부심, 자긍심을 가져야 돼!"

그는 또 시도 때도 없이 틈만 나면 민주, 복지국가 타령이었다. 중학교 때부터 달달 외워 이미 훤히 알고 있는 내용을 귀가 따갑도록 반복해 댔다. 어감이 꼭 반어법을 사용하는 것 같았으나, 정확히 알 수는 없었다. 하여간 틀린 말은 아니기에 나는 내심 동의를 해 줬다.

"국민소득이 2만 달러야. 경제 규모는 세계 13위고. 대단해! 정말 대단해! 나, 가슴 뿌듯하다. 우리나라의 역사는 발전 또 발전이야. 아, 대한민국! 아, 우리 조국! 나는 솔직히 까놓고 말해서 불만 없다. 만족한다. 우리나라, 우리 사회의 민주 복지에 만족한다고. 다만 한 가지, 요 코딱지만큼 아쉬운 것이 있다면……. 야! 거기 뒤에 두 놈! 똑바로 못 앉아? 엉? 벌점 준다. 누적 벌점이 80점이면 자동 퇴학인 거 알지? 짜식들이 수업 시간에 삐뚜름하게 앉아 가지고……. 내가 어디까지 말했지?"

"벌점 준다는 데까지요."

"아니, 그거 말고."

"코딱지요."

"그래, 그래. 코딱지! 내가 딱 한 가지."

거기서 말을 끊은 된장항아리는 오른손 검지로 자신의 콧구멍을 후벼 팠다. 그러더니 코딱지를 한 개 찾아냈는지 엄지와 검지를 붙여서 뾰족이 위로 올린 다음, 우리를 향해 내보였다. 저 젠장, 생긴 대로 노는군! 더럽게. 씨!

"요 코딱지만큼 아쉬운 게 있는데, 그게 바로 사랑의 매야. 사랑하는 제자들을 위해서 이 사랑의 매를 때리지 못하게 되어 버린 작금의 교육 현실이 아쉽다 이 말이야. 야, 솔직히 까놓고 말해서 대장부 남자 선생이 여자 선생들처럼 좀스럽게 벌점이나 매기고. 이거, 이거, 말이 된다고 생각하니? 말 안 되잖아? 그렇지?"

"예! 안 됩니다."

반장이 장단을 맞춰 주었다. 된장항아리가 입술을 길쭉이 늘여 흡족하게 웃었다.

"그지? 그지? 말 안 되지? 선생이란 말이다. 한 손에는 교과서를, 다른 한 손에는 회초리를 들고 있어야 권위가 서는 거야. 그래서 가끔씩 회초리를 착! 착! 예술적으로 휘둘러 줘야, 가르치는 맛이 나는 거라고. 으허허허!"

된장의 너털웃음이 끝나기도 전에 수업 마침을 알리는 종소리가 울렸다. 그러나 담임은 그 소릴 듣지 못하고 다시 뒷말을 이었다.

"그런데 요즘은 학생인권조렌지 뭔지 때문에 그걸 못 하니, 좀이 쑤시고 답답해 죽겠다, 죽겠어! 그것 외에는 뭐 다 좋다. 에브리씽 이즈 굿이다! 굿! 먹을거리 풍부하지, 볼거리 풍부하지, 자유롭고 안전하게 사방팔방 다 돌아다닐 수 있지. 아! 대한민국! 아! 우리 조국! 영원하리라~!"

"선생님, 수업 끝났는데요."

"으응? 아니, 벌써 시간이 이렇게 되었나?"

그제야 된장은 교과서와 출석부를 챙겨 들고 서둘러 교실 밖으로 나가 버렸다.

"아이 씨! 나, 또 된장항아리 침 다 뒤집어썼어!"

교탁 바로 앞에 앉은 아이가 교복 소매로 얼굴을 닦으면서 투덜 거렸다.

그렇게 수업 끝 종소리를 듣고서 아니, 벌써 시간이 이렇게 되었 나? 라는 소리를 남긴 뒤 후다닥 나가버리는 게 된장의 스타일이 었다. 일주일에 세 번 있는 수업이 모두 그랬다. 나는 늘씬하고 예 쁘장한 여선생이 담임이 되기를 학수고대했다. 그런데 신의 질투 로 물거품이 되고 만 것이었다. 학생회장에 출마를 해서 담임을 골 라 정하는 제도를 만들까도 생각해 보았다. 하지만 누가 나를 찍어 주기나 할까? 자신이 없었다. 그렇다고 교무실에 찾아가 바꿔달라 고 할 수도 없고. 울며 겨자 먹기로 1년을 보내는 수밖에 달리 방 법이 없었다. 생각할수록 속에서 열불 나는 일이었다.

정규 수업이 끝났다. 일과가 끝날 동안 아무도 지항구에 대해서 말하지 않았다. 그만큼 항구의 존재감은 미미했다. 그리고 대하기 부담스러운 그 녀석이 사라져 주기를 내심으로 바랐던 아이들이 많았다. 나도 물론 그중의 한 명이었다. 솔직히 나는 지항구가 전 학을 오던 날부터 그를 내키지 않아 했다. 당시 다른 반에도 결원 이 있어서 그 반으로 갈 수도 있는데 굳이 우리 반을 택했다는 것 을 알고는 더욱 그랬다.

야간자율학습을 할 사람은 남고 대부분은 교문으로 몰려 나갔

다. 제각기 학원을 가거나 그룹과외 또는 개인과외를 받으러 가야
하기 때문이었다. 고등학교에 입학해서 사귄 우리 다섯 명도 교문
옆에 나란히 섰다. 데리러 올 차를 기다리기 위해서였다.

"에구, 스발! 재수도 드럽게 읎지! 아니? 중학교 3년 내내 폭삭
삭은 남자 선생이 담임이더니 고등학교 올라와서도 남자야? 그것
도 교장 선생님보다 더 늙은 할아버지가? 얼굴이나 잘생겼으면 그
래도 좀……."

"이제 뭐 어떡하겠냐? 내년을 기대해 보는 수밖에."

육인혁이 어깨를 툭툭 쳐 주고 찻길 쪽으로 걸어갔다.

"여선생은 고사하고 늙은이도 상늙은이가 담임이라니? 야, 이
래도 된다고 생각하니?"

된장의 말투를 흉내 내어 물었다. 현우람이 덩치에 어울리게 우
렁찬 목소리로 대답했다.

"당연 안 되지!"

"그치? 자유 민주국가에서 안 되는 거지? 이건 정말 불공평한
거지?"

"그럼! 불공평한 거지!"

우람이 녀석은 나보다도 더 젊은 여자 담임을 기다렸던 모양이
었다. 주먹으로 교문을 내려치고서 억울해 죽겠다는 표정을 지었
다. 두꺼운 철 교문이 에밀레 종소리를 내며 울려 퍼졌다. 꾸벅꾸

벅 졸던 수위 아저씨가 깜짝 놀라 깨어나 잔뜩 겁먹은 표정으로 내다보았다.

"왜 그래? 나는 괜찮던데?"

"그래! 울 담임이 뭐가 어때서? 나이가 좀 들었다 뿐이지, 뭔 문제 있어?"

채문지와 임서진은 이상하게도 담임 홍을 별로 보지 않았다. 특히 채문지는 담임에 대해 상당히 호의적이었다. 여자애들은 나이가 지긋한 아버지뻘의 남자에게 호감을 갖는 경우가 있다더니만, 아마 그것 같았다. 해괴했다. 불가사의, 도무지 이해할 수 없는 일이었다.

"우리 기사 저기 왔다. 야, 나 먼저 간다. 낼 보자."

육인혁이 자기 아버지 차가 나타나자 그리로 뛰어가며 소리쳤다.

"그래! 잘 가!"

모두 한꺼번에 손을 흔들어 주었다.

"인혁이 아버지는 뭐 하시는데? 차 졸라 좋네! 벤츠잖아?"

"무슨 회사 사장이라는 것 같던데? 할아버지는 회장이고."

"와! 그래?"

곧 채문지와 현우람이 각각 자기 학원차를 타고 사라졌다. 이제 교문 앞에 남은 사람은 나와 임서진뿐이었다.

"은표, 너네 아버지 오늘 늦으시나 보네?"

"그러게, 오실 때 됐는데. 서진이 너는?"

"나는 매일 제일 늦게 가잖아? 아빠 회사가 멀어서 기사가 늦게 와. 엄마는 더 바쁘고."

하긴 그랬다. 늘 친구들이 다 가고 맨 뒤에 임서진이 남았다.

"야, 우리 저 안에 앉아서 기다리자. 책가방 내려놓고. 책가방이 무거워서 허리 부러지겠다."

"그래 가자! 고딩이 되니까 중딩 때보다 가방이 두 배는 더 무거워졌어."

임서진과 나는 교문 안쪽 벤치에 가서 나란히 앉았다. 얽히고설킨 등나무 가지가 지붕을 이룬 곳이었다.

고개를 돌려 교실을 바라보았다. 그러자 또 된장 생각이 났다. 생각할수록 열 받는 일이었다. 나뿐만이 아니었다. 여자애들 몇 명만 빼고 반 아이들은 대부분 담임 된장을 그리 좋아하지 않았다. 다른 이유는 없고 순전히 외모와 나이 때문이었다. 교감은 족히 됐을 나이에 아직 평교사로 1학년 담임을 맡다니? 생김새는 또 그게 뭐야? 안경 때문에 얼굴이 어느 정도 가려져서 그렇지, 안경이 아니라면 황소 뒷발에 밟힌 맷돌 호박과 똑같았다. 정말이지 지나가는 개가 다 웃을 면상이었다.

"3반 담임은 스물아홉 예쁜 처녀 선생인데……."

"너는 아직도 그 소리니, 초딩처럼?"

혼자 무의식중에 내뱉은 말을 임서진이 듣고 톡 쏘아붙였다. 배알이 좀 뒤틀렸다.

"야, 너네가 멋지고 잘생긴 총각 선생 좋아하는 거랑, 우리가 젊고 예쁜 여자 선생 좋아하는 거랑 쌤쌤이지 뭐!"

"뭐가 쌤쌤이야? 완전 다르지! 그리고 국어 쌤이 사람을 외모로 판단하는 거 아니랬잖아?"

"어쭈? 마인드가 업그레이드됐는데? 야! 임서진 너, 으른 다 됐다. 으른 다 됐어! 하산해도 되겠는걸!"

나는 임서진을 아래위로 훑어보며 비아냥거렸다.

"까불지 마!"

"아이고! 이젠 나한테도 맞먹고? 좀 더 진도 나가 보시지? 과감하게."

주먹을 들어 보이는 임서진에게 뺨을 바짝 들이댔다.

"까불지 말래도!"

임서진이 목소리를 높였다.

"그래서 너는 외모를 전혀 안 따진다, 이거냐? 응?"

"……!"

임서진은 대답을 못하고 눈을 흘겼다. 어떻게나 무섭게 흘기는지 눈동자가 허여멀건 한 게 백 년 묵은 구미호 저리 가라였다. 그러다 눈깔 빠지겠다. 눈동자 원위치시켜라! 라고 말하려는 찰나,

휴대폰이 울렸다. 아버지였다. 벌떡 일어서서 얼른 받았다.

"예, 아버지! 교문 앞에서 기다리고 있습니다. 예, 알았습니다. 그렇게 하겠습니다. 늦지 않을 겁니다."

휴대폰을 끊고 쩝쩝 입맛을 다셨다.

"너, 아버지 되게 무서워하네?"

"무서워하긴 내가 언제? 안 무서워해! 우린 부자지간이 아니라 친구지간이야. 크크크!"

크크, 웃고 나서 고개를 크게 서너 차례나 가로저었다. 내가 보기에도 좀 과장된 동작이었다.

"벌떡 일어나서 부동자세로 공손하게 받았잖아? 대답도 딱딱 절도 있게 하고. 너네 아버지 군인이야?"

"몰라도 돼!"

아버지에 대해 말을 하고 싶지 않아 나는 발로 벤치 다리를 툭툭 치는 둥, 공연히 가방 끈을 만지작거리는 둥 딴전을 피웠다.

"아버지가 뭐래?"

"야간 골프 약속이 갑자기 생겼대. 그래서 못 오신다고 택시 타고 가래. 너도 같이 택시 탈래? 같은 방향이면."

"아니야. 울 기사 아저씨 곧 올 거야."

임서진이 일어나 교문 밖을 살폈다.

"그래? 그럼 나 먼저 간다. 길이 막히면 과외시간 늦을지도 모르거든."

"알았어. 바이!"

"씨 유 투멀!"


수학 그룹과외는 서울대 대학원생이 하는 것이었다. 하지만 수업이 제대로 되지 않았다. 석사 논문인지 뭔지 쓰느라 이번 주에도 쉰다고 했다. 과외 선생은 처음과는 달리 수업에 그리 열성을 보이지 않았다. 애인이 생겼는지 수업 중에도 웬 여자와 수시로 통화를 하곤 했다. 어떤 날은 EBS 교육방송만 틀어 주고 과외를 대신하는 경우도 있었다. 다 본 다음에 이해가 안 되는 부분만 질문하라는 것이었다. 일주일에 두 번, 네 명이서 100만 원씩 400만 원을 내고 받는 그룹과외인데, 좀 너무하다는 생각이 들었다. 그렇지만 아버지한테 안 한다고 말할 수는 없었다.

과외 수업이 없어져 졸지에 시간이 남았다. 어디로 갈까 망설이다가 전철을 탔다. 주로 아버지 차로 등하교를 해서 몇 달 만에 타는 것이었다. 빈자리가 없었다. 긴 의자에 나란히 마네킹처럼 앉아 있는 무표정한 사람들, 그들은 거의 모두 자신의 휴대폰을 든 채 손가락만 움직이고 있었다. 드문드문 서 있는 사람들조차도 입을 꾹 다물고 휴대폰만 바라보았다. 옆 칸 어디선가 불법 행상인의 잡화 파는 소리만 들려올 뿐 사람들의 대화는 들리지 않았다.

'인생에서 웃는 시간은?'이라는 제목의 공익 광고판이 붙어 있는 출입문 옆에 섰다. '우리가 보통 70세까지 산다고 가정할 때, TV 앞에 앉아 있는 시간이 약 7년이고, 잠자는 데 23년 정도, 일하는 데 26년 정도, 양치질하고 씻고 화장실 가는 데 약 3년 반, 그리고 화내는 시간은 약 2년 정도라고 합니다. 그러면 웃는 시간은 얼마나 될까요? 겨우 88일밖에 안 된다고 합니다.' 뭐 그런 내용이었다.

"나는 한 50일 정도는 웃겠지 뭐……."

기차 바퀴 소음이 이따금 귀청을 때렸다. 전철이 역에 정차할 때마다 사람들이 우르르 몰려 들어왔다. 짜증이 났다.

"택시를 탈 걸 잘못했어! 아님, 엄마를 오라고 할걸."

후회가 되었다. 초등학교 때부터 아버지나 엄마의 승용차로 편하게 학교를 오가는 데 길들여져 대중교통은 너무 불편했다.

"대신 길이 막히지 않고 빠르니까."

스스로를 위로하며 등에 메고 있던 가방을 벗어 선반에 올렸다. 그리고 휴대폰을 꺼내 귀에 리시버를 꽂고 음악을 들었다. 피로를 풀어 주고 정신을 맑게 해 준다는 세미클래식이었다. 잔잔히 흐르는 선율에 기차 소음이 일시에 차단되어 기분이 한결 좋아졌다.


다음 날 아침 조례 시간에 담임 된장항아리가 들어와 출석을 불렀다.

"지항구."

가다다 순으로 된 출석부이기에 육인혁과 임서진 다음에 얼마 있다가 지항구였다. 그런데 대답이 없었다.

"지항구!"

된장이 한 차례 더 부른 뒤 고개를 들었다. 그러고는 항구 자리를 살폈다. 나도 항구 자리로 시선을 돌렸다. 없었다. 지항구의 자리가 텅 비어 있었다.

"지항구 이놈 웬일이야? 지각인가? 으음!"

체크를 마친 된장은 다시 다음 아이의 이름을 부르기 시작했다.

"진짜 불가피한 경우가 아니라면 지각이나 결석은 절대 하면 안 돼! 물론 조퇴도 안 되고. 그건 정신 상태의 문제야. 안 그래? 내 말 맞잖아?"

담임은 0교시 자습시간 내내 학생의 올바른 정신 상태에 대해서 장광설을 늘어놓았다. 귀가 다 따가웠다. 셧 더 마우스 좀 하삼! 올드 젠장 샘! 나는 속으로 투덜거리며 그의 말을 무시했다.

"아무래도 지항구가 초여름 감기에 걸렸나 봐. 어제 슬쩍 보니 그렇게 보였어. 너희 정신일도 하사불성이란 말, 명심해! 정신을 한곳에만 집중하면 아프지도 않고 감기도 안 걸려! 야, 까놓고 말해서 너희만 할 때는 홀딱 벗고 냉장고에 들어가서 한 이틀 있어도 끄떡없지, 뭐! 피 끓는 청춘이 감기는 무슨 감기야. 말이 안 되잖아? 안 그러냐?"

아무도 대답하지 않았다. 그러자 된장이 아주 지명을 해 물었다.

"야, 현우람!"

"예!"

아침부터 병든 병아리처럼 졸던 현우람이 놀라서 벌떡 일어났다. 현우람은 누가 불렀나, 잠시 주변을 두리번거리다가 어벙벙한 표정으로 된장을 바라보았다.

"너, 피 끓어? 안 끓어?"

"예? 제가 안 끓이고 아줌마가 끓이는데요."

완전 동문서답이었다. 반 아이들 모두 와르르 웃었다. 우람이는 그 웃음의 의미를 파악지 못하고 두 눈을 끔벅였다. 된장이 빙그레 웃고 나서 우람이에게 다가가 물었다.

"뭐? 아줌마가? 너네 집 아줌마가 뭘 끓여?"

"커피요. 매일 아줌마가 끓여요."

교실이 또 한 번 웃음소리로 들썩였다.

"정말야? 정말 너는 한 번도 안 끓였어?"

"예! 정말이에요. 저는 한 번도 안 끓여 봤어요."

된장이 우람이의 머리를 한 대 톡 쳤다.

"그 아줌마 너네 집일 해 주느라고 힘드실 텐데, 내일부터는 네가 끓여! 너, 자식아! 그렇게 안 움직이고 잠만 자니까 살이 더 찌는 거야. 몸을 자꾸 자꾸 움직여야 돼. 진공청소기도 밀고, 걸레질도 하고. 알았어?”

우람이는 얼른 대답을 못하고 뒤통수를 긁적였다. 나는 된장의 몸을 훑어보면서 콧방귀를 내쏘았다. 남 걱정하지 말고 본인 살이나 좀 빼슈! 된장이나 우람이나 덩치가 비슷했다. 우람이가 5센티미터 정도 키가 더 커서 겉보기에는 된장이 더 뚱뚱해 보였다.

“선생님, 끝나는 종 울렸는데요.”

“응? 벌써 시간이 이렇게 되었나? 밤에 잘 때 이불 꼭꼭 덮고 자. 날씨가 더워졌다고 그냥 자지 말고. 그래도 혹 감기 걸리면 재빨리 병원으로 달려가서 주사 한 대 맞아.”

된장이 교단으로 걸어가며 잔소리를 늘어놓았다. 그의 잔소리는 출석부를 들고서도 계속되었다.

“옛날에는 감기 한번 걸리면 누런 콧물을 질질 흘리면서 한 달은 꼬박 고생을 했었는데, 요즘은 옛날과 달라서 우리나라 의료 기술도 상당히 발전했어. 주사 한 방이면 뚝이야. 의료보험도 잘돼 있고. 수명도 왕창 늘었잖아? 아, 대단해, 대한민국! 반장, 이따 지항구 오면 교무실에 들르라고 그래.”

그러나 1교시가 끝나고 점심시간이 끝났는데도 지항구는 오지 않았다. 다음 날도, 그다음 날도, 또 그다음 날도 지항구는 나타나지 않았다.

중간고사 보기 전에 약속했던 소풍을 갔다. 채문지, 임서진, 현우람, 육인혁 그리고 나 모은표. 평소 친하게 지내던 다섯 명이었다. 우리는 자전거 달리기 시합도 하고, 내려서 끌고 가기도 하고, 파릇파릇 돋아난 잔디에 앉아 쉬기도 하고, 물가에 서서 고기 구경도 하면서 한강 하류로 내려갔다. 정말 자유롭고 유쾌했다.

　"너희 다 갈 거지?"

　자전거를 타고 나란히 달려 한강대교 밑을 지날 때 채문지가 불쑥 말했다.

　"어디?"

　"축제! 우리 학교 축제에."

　"가야지. 축제는 처음인데."

　임서진이 대답했다.

　"인문고에서 웬 축제야?"

　공부만 죽어라 강조하는 학교에서 축제라니? 나는 입술을 삐죽거렸다. 보나마나 뻔했다. 그냥 건성으로 하는 것이겠거니 짐작하고 별로 기대하지 않았다.

　목적지에 도착하자 벌써 해가 서쪽으로 한참이나 기울어 있었다. 자전거를 세워 둔 뒤 계단을 통해 하늘공원으로 올랐다. 지그재그로 올라가는 계단길은 상당히 길고 가팔랐다. 정말 하늘로 오르는 기분이었다.

"빨리 와 봐!"

앞서 올라가던 서진이와 문지가 소리쳐 불렀다.

"뭔데?"

나와 인혁이, 우람이는 뭐 좋은 거라도 있나 하고 서둘러 뛰어갔다.

"이것 좀 봐!"

서진이가 가리키는 곳을 보니 계단 손잡이 철삿줄에 자물통이 수십, 수백 개가 걸려 있었다.

"이게 뭐야?"

"사랑의 자물통. 너희 알아?"

"뭐한 거야, 이게?"

내가 자물통을 만지며 물었다.

"이렇게 자물통에 이름을 새겨서 매달아 놓으면 사랑이 이루어진대. 열쇠는 저 밑으로 던져 버리고. 이거 남산에는 엄청 많아. 중딩 때 가족여행 가서 봤는데, 중국에도 있고 파리에도 있어!"

"쳇! 이런다고 사랑이 이루어지면 세상에 헤어지는 사랑이 어딨겠어?"

"은표, 너는 왜 그렇게 멋대가리가 없니? 얘들아, 우리도 이거 하나 하자!"

임서진이 즉석 제안을 했다.

"우리도?"

"그래! 우린 우정의 자물통으로 하면 되지!"

"좋아! 그러면 되겠다."

문지가 동의했다. 그러더니 서진이와 자물통 장사에게 다가가 주먹만 한 것을 골랐다. 기집애들이 통은 커 가지고? 나는 입을 빼 물고 이죽거렸다.

"아저씨, 여기에 우리 이름 다 새겨 주세요!"

"이왕이면 영원한 우정, 이 말도 뒤에 새겨 줘요."

"죽어도 함께, 살아도 함께, 어때?"

육인혁의 말에 현우람도 한마디 보탰다.

"우아! 그거 굿 아이디어다."

우리 모두 흔쾌히 동의했다.

아저씨가 기계로 이름을 새겨 주었다. 생일이 빠른 순으로 채문 지, 모은표, 임서진, 현우람, 육인혁이라 새겼다. '영원한 우정! 살 아도 함께! 죽어도 함께!'라는 문구도 넣었다.

우리는 철삿줄 가장 잘 보이는 곳에 자물통을 걸어 잠그고 열쇠 를 멀리 던져 버렸다.

"와우! 제법 뽀다구 나는데."

"이제 기념사진 찍어야지."

우정의 자물통이 보이게 잘 둘러서서 휴대폰으로 사진도 몇 장 찍었다.

"우리 이참에 그룹 이름 하나 정하자! 쌈빡한 걸로."

사진을 찍고 나서 육인혁이 제안했다.

"그룹 이름? 다섯 명이니까, 뭐 그냥 독수리 오 형제로 하지 뭐!"

내가 장난삼아 말했다.

"독수리 오 형제? 야, 우리가 지구 지킬 시간이 있냐? 공부하기도 바쁜데,"

인혁이의 말에 우리는 모두 배꼽을 잡고 웃었다.

"그럼, 좋은 이름이 떠오를 때까지 당분간만 그걸로 하자."

"그래! 그러면 되겠다."

난지도 쓰레기 산을 정비해서 조성했다는 하늘공원은 천지가 온통 꽃밭이었다. 하지만 꽃보다 사람이 더 많은 것 같았다. 발 디딜 틈이 없었다. 가족 단위로 몰려나온 사람들이 여기저기 돗자리를 깔고 앉아 도시락을 나눠 먹고 있었다. 모두들 즐겁고 행복한 표정이었다.

"와! 스발! 웬 사람들이 이렇게 많이 몰렸냐?"

"서울 사람들이 다 왔나 보다."

꽃길을 이리저리 거닐고, 갈대숲 길을 통과하고, 기타 테마 길들과 테마 정원들을 구경하느라 시간이 가는 줄도 몰랐다. 나는 혼자 별자리 광장에 한참 머물러 있기도 했다. 개인적으로 그곳이 가장 마음에 들었다.

하늘공원과 이어진 노을공원으로 넘어가서 벤치에 나란히 앉았다.

"이제 노을이나 구경하고 돌아가자."

"그래! 너무 넓어서 하루에 다 돌아보지 못하겠다."

채문지가 공원을 둘러보며 감탄사를 연발했다.

"와! 쓰레기 산을 어쩜 이렇게 멋지게 꾸며 놓았을까?"

"진짜 아름답다! 멋져!"

"사람들도 다 행복해 보이고."

인혁이에 이어 우람이도 한마디 했다. 서진이는 한술 더 떠 혀 꼬부라진 소리까지 외쳐 댔다.

"서울이 이렇게 뷰티풀한지 난 예전엔 미처 몰랐어! 저기 산, 강, 빌딩, 하늘, 모두. 오! 알라뷰 쎄울! 알라뷰 꼬레!"

나는 된장항아리 흉내를 냈다.

"쓰레기 산을 꽃동산으로? 아, 대단해! 아, 대한민국! 아, 우리 조국!"

모두들 큰 소리로 웃었다. 그러나 문지는 웃지 않았다. 언어 이해를 담당한다는 두뇌 측두엽 베르니케 영역인지 뭔지에 이상이 있는 모양이었다.

"다음에 또 오고 싶다."

문지는 그 소리만 한마디 낮게 하고서 강물만 바라보았다.

서서히 기울어지던 해가 완전히 사라지자 서편 하늘 전체가 연분홍, 꽃분홍, 연보라, 진보라를 거쳐 검붉게 변해 버렸다. 초대형 불이라도 난 듯 세상이 온통 붉었다. 장관이었다. 우리는 서로 아무 말없이 노을을 바라보며 각자 생각에 잠겼다. 나는 총천연색으로 펼쳐진 세상이 참 멋지고 아름답다는 생각을 하고 있었다. 그러면서 이름 모를 새들이 떼를 이뤄 노을 속으로 날아가는 모습에 넋을 빼앗기고 말았다.

한참 그러고 있는데, 서진이가 내 옆구리를 쿡 찔렀다. 고개를 돌리니 저쪽 좀 보라는 눈짓을 했다. 강변 쪽 갈대 풀이 우거진 곳에 앉은 대학생 커플이 키스를 하고 있었다. 나는 괜히 얼굴이 붉어졌다.

"이제 가자. 가서 자전거 반납하고 우리 집에서 저녁 먹자!"

"인혁이 너네 집?"

서진이가 반가운 표정으로 인혁이를 보았다.

"응! 내가 벌써 집에 얘기해 놨어. 친구들 데려올 거라고. 아줌마들이 저녁 멋지게 준비해 놓는댔어!"

우람이는 벌써 침을 꿀꺽꿀꺽 삼켰다.


고급 주택인 인혁이네 집은 정말 으리으리했다. 호화로운 거실을 보고는 입이 떡 벌어졌다. 일하는 아주머니들이 차려 놓은 저녁도 그야말로 진수성찬이었다. 마치 페르시아 왕자님의 생일 잔칫상 같았다. 우리는 입을 떡 벌린 채 한참 동안이나 멍하니 서 있었다.

진수성찬을 즐기면서 희망대학 희망학과에 대해 이야기를 나눴다. 3월 초에 담임 된장이 써내라고 해서 쓴 적이 있었다. 인혁이는 서울대 경영학과, 문지는 이대 영문학과, 서진이는 연세대 언론홍보학과, 우람이는 고려대 체육학과로 모두 변함이 없었다.

"은표 너는 계속 서울대 전자공학과야?"

"응! 나야 뭐……."

서진이의 물음에 나는 가볍게 웃으면서 고개를 끄덕거렸다. 서울대 전자공학과는 중1때부터 아버지가 정해 준 곳이었다. 거길 가서 자신의 후배가 되라는 말이었다. 그런데 사실 내가 가고 싶은 곳은 천체물리학과였다.

그날 이후 우리는 더욱 친하게 지냈다. 하지만 속으로 라이벌 의식도 강해져 서로를 은근히 견제했다. 나는 다른 친구보다 육인혁을 견제 대상으로 삼았다. 육인혁도 그것을 느꼈는지 이따금 나를 보고 의미 있는 미소를 짓곤 했다. 좋아! 당당히 한번 겨뤄 보자. 그럴 때마다 나도 마주 웃어 주며 속으로 외쳤다.

# 축제

며칠 후 우리는 가벼운 마음으로 학교 축제장을 향해 걸어갔다. 축제장은 3학년들의 공부에 방해가 되지 않도록 같은 재단에 속한 인근 대학교 실내체육관이었다. 대학교 캠퍼스는 한산했다.

"저거 보니까 등골이 오싹해진다. 죽은 사람을 냉동시켜 놓는 곳이잖아?"

대학병원 옆으로 돌아가자, 우람이가 손가락으로 한쪽을 가리켰다. '영안실'이라는 안내 팻말이었다.

"덩치 값 좀 해라. 영안실이 뭐가 무서워?"

그 말을 하며 나는 우람이에게 훅을 날리는 시늉을 해 보였다.

"넌 정말 안 무서워?"

문지가 눈을 껌벅이며 물었다. 서진이도 눈을 똥그랗게 떴다.

"야, 시체가 뭐가 무섭니? 하룻밤 같이 자라고 해도 자겠다."

"은표, 너 보기보다 깡고(깡다구 고단자)다? 대학생들은 시체 닦는 알바도 한다는데, 나중에 그거 한번 해 봐! 돈 많이 받는다더라."

"내가 알바할 일 있겠냐? 용돈이 궁하면 몰라도. 하지만 경험삼아 한번 해 보지 뭐. 까짓 거!"

인혁이의 말에 나는 어깨에 힘을 주고 목을 좌우로 꺾었다.

축제장으로 가는 길 내내 사람이 없었다. 같은 학교 학생들 서너 명만 보일 뿐이었다.

"엥? 축제를 한다더니, 뭐 이래? 벌써 끝났나?"

"괜히 온 거 아냐? 한강에서 자전거나 탈걸."

"너무 썰렁하다. 광고는 요란하게 해 놓고."

그러나 축제장인 실내체육관으로 들어서자 상황은 달랐다. 체육관 복도에 학교 각 동아리가 마련한 간이판매대가 10여 개 설치되어 팝콘, 햄버거, 핫도그, 컵라면, 도넛, 찐빵, 만두, 떡볶이, 튀김 등등 먹을거리를 파는 중이었다. 그리고 헌옷이나 헌책 등을 아주 싸게 파는 판매대도 몇 개 있었다. 또 그 옆으로는 학생들이 손수 만들거나 그린 작품도 상당히 많이 전시되어 있었다. 학부모나 동문들, 그리고 선생님들의 작품도 20여 점 눈에 띄었다. 그들 판매대 뒤에는 수익금 전액을 불우학우 돕기 성금으로 쓸 거라는 현수막이 흔들거렸다.

"우리 학교에 불우학우가 있어?"

"찾아보면 있겠지 뭐!"

각 판매대마다 학생들이 줄을 서서 차례를 기다리고 있었다. 핫도그와 떡볶이 판매대가 줄이 가장 길었다. 우리는 이미 전철역 부근 고급 레스토랑에서 비프스테이크를 먹고 왔기에 복도를 한 바퀴 빙 둘러보고 안으로 들어갔다. 체육관 안은 미어터질 지경이었다.

"우와! 1, 2학년들이 다 왔나 보다."

"2학년들은 몰라도 1학년들은 다 왔겠지! 축제는 처음이니까 구경삼아."

"선생님들도 꽤 많아!"

선생님들뿐만 아니라 학부모들도 상당수가 자리하고 있었다. 동문석에도 빈자리가 거의 없었다.

축제는 1부, 2부, 3부로 나누어 진행된다고 팸플릿에 적혀 있었다. 제1부는 10:00부터 12:00까지 앞풀이마당, 제2부는 14:00부터 16:00까지 어울림마당, 제3부는 16:30부터 20:30까지 뒤풀이마당이었다. 그리고 바자회는 일요일까지 계속한다는 안내말도 쓰여 있었다.

"자리가 없다. 저 맨 위로 가 서서 봐야겠다."

"서서 어떻게 봐? 다리 아픈데."

내가 관중석 맨 위를 가리키자 임서진이 톡 쏘아붙였다.

"저 위에 맨 뒤? 저기는 거리가 멀어 잘 보이지도 않아."

채문지도 한마디 거들었다.

"저 앞쪽 통로 계단에 한 줄로 붙어 앉아서 대충 보지 뭐! 어차피 조금 보고 갈 거 아냐?"

"그래! 그러자."

육인혁의 제안에 현우람이 동의를 해 모두 그리로 가 층층이 한 줄로 앉았다.

잠시 후 제2부가 시작되었다. 2학년들이 후배인 1학년들을 위해 마련했다는 사물놀이와 탈춤이었다. 뭐 그저 그랬다. 연습을 덜 해서인지 동작이 맞지 않았고 움직임도 부자연스러웠다.

"혹시나 해서 왔더니 역시나구나. 완전 실망이야!"

"우리 괜히 시간 낭비 하는 것 같아. 집에서 모자란 잠이나 푹 잘걸."

"안 오면 담임이 1점씩 벌점 준댔잖아? 씨!"

임서진이 벌점 얘기를 꺼내며 콧등주름을 잡았다.

"그걸 믿니? 젠장이 뻥깐 거지. 지가 왔는지 안 왔는지 어떻게 파악할 건데?"

"반장을 시켜서 알아보겠지. 반장이 담임 스파이잖아?"

"스파이는 아니고. 하여튼 학교 행사에 이유 없이 참석 안 하는 것도 벌점을 준다고 돼 있어."

채문지가 설명을 덧붙였다.

"아! 쌍! 그놈의 벌점! 벌점! 차라리 때리라고 그래. 나는 그게 훨 낫겠어."

현우람이 과민 반응을 보였다. 우람이는 벌점이 벌써 30점을 넘었다. 대부분 수업 시간에 졸아서 받은 것이었다. 먹고 졸고, 졸고 먹고. '왜 사니, 우람아? 왜 살아?' 우람이가 벌점을 받을 때마다 나는 속으로 그렇게 놀리곤 했었다.

"내 말이 그 말이야. 덩치는 남산만 한 늙은이가 쪼잔하게 벌점 1점, 벌점 1점, 협박이나 하고 말야. 언젠가 본인도 그랬잖아? 벌점 매기는 거 좀스럽다고. 아주 밥맛이야, 그 된장똥항아리! 웩!"

나는 된장에 똥을 붙여 비하시켜 말하면서 토하는 소리까지 냈다. 정말 토하고 싶은 기분이었다. 하여튼 담임 흉을 보라면 하루 24시간도 모자란 사람이 나였다. 이유는 뭐 별다른 게 없었다. 늙고, 뚱뚱하고, 못생겼다는 게 그 이유였다. 나도 그게 불합리한 이유라는 걸 알고 있었다. 담임이 나를 부당하게 대우하거나 무시하지는 않았다. 오히려 귀여워하는 편이었다. 언젠가는 좀 더 열심히 노력해서 입학 성적이 반 1등, 전교 2등인 반장을 따라잡아 보라고, 너는 할 수 있다고 격려를 해 주기도 했었다. 하지만 까놓고 말해서 싫은 건 싫은 거였다.

"그래도 울 담임샘은 훨 난 거야. 4반하고 8반은 벌써 퇴학 대상자가 나왔대."

채문지가 또 된장항아리를 두둔하고 나섰다. 울컥, 울화가 치밀었다.

"너는 사사건건 그 젠장을 두둔하고 나서니?"

"내가 언제 두둔해?"

누가 들어도 두둔하는 말이었는데, 문지가 발끈하며 대들었다.

"뭐가 안 두둔해? 저번에도 그랬고, 저저번에도 그랬고, 저저저번에도 그랬고. 문지 너, 젠장항아리 좋아하는 거 아냐? 수상해!"

"뭐? 그게 무슨 의미야? 이게 말을 함부로 하고 있어!"

문지가 팩 토라져서 벌떡 일어났다. 그러더니 서진이와 자리를 바꿔 맨 앞에 앉았다. 아무래도 단단히 삐진 것 같았다. 마음이 짠했다. 그렇지만 나는 의혹의 눈초리를 거둘 수가 없었다. 문지의 예쁘장한 뒤통수를 뚫어져라 노려보았다.

"야! 모은표. 너, 주딩이 정말 구제불능이다."

서진이가 내 허벅지를 비틀어 아주 세게 꼬집었다.

"아아아!"

타잔보다 더 크게 비명을 내질렀다. 처절한 울림이 오래 메아리쳤다. 체육관 안 사람들이 다 나를 바라보았다. 심히 쪽팔렸다. 코끝이 시멘트 계단 모서리에 닿도록 고개를 푹 숙였다.

별다른 호응을 받지 못했던 혼성밴드 '아롱사태'에 이어 남학생 네 명으로 이뤄진 밴드 '영혼이탈'이 한바탕 무대를 휘젓고 들어갔다. 그러자마자 체육관은 순식간에 열광의 도가니로 변해 버렸다. 휘파람을 불고, 고성을 지르고, 종이컵을 집어던지고……. 난리도 그런 난리가 없었다. 밴드가 남학생들로만 이뤄져서 그런지 여학생들이 더 야단법석이었다.

"끼야호! 이 학교에 오니까 이런 축제도 다 하고. 오늘 기분 째진다."

"울 학교 최고! 베스트! 탑! 탑! 탑!"

뒤에 앉은 현우람과 육인혁도 흥분을 감추지 못하고 크게 소리쳤다. 앞에 앉아 있는 채문지와 임서진은 아주 졸도하기 일보 직전이었다. 남학생 밴드가 사라진 무대 뒤쪽을 바라보며 계속 목이 터져라 "짱!" "짱!"을 외쳐댔다. 눈빛이 개개하게 풀린 게 그야말로 영혼 이탈이었다. 보다보다 그런 꼴은 생전 처음 봤다. 은근히 질투심이 일었다.

"와! 짱 신난다, 짱 신나!"

"정말 완전 짱 최고야, 짱 최고!"

"뭘 짱 신나, 저까짓 게? 저 정도는 나도 하겠다."

나는 영혼이탈인지 영구이탈인지를 깎아내리며 큰소리를 쳤다. 그러나 전혀 먹히지 않았다.

사회를 보는 2학년 누나가 나왔다. 늘씬하고 예쁘장하게 생긴 모습이 사회를 아주 잘 볼 것 같았다. 하지만 그게 그렇지가 않았다.

"저, 우리 학교 축제를 위해 고, 고맙게 우정출연을 해 주신 저, 경서고등학교 '영혼이탈' 팀에게 다시 한 번 큰 박수를 부탁합니다."

학생회 문예부장이라는데, 처음부터 목소리에 힘이 하나도 없는 데다가 말을 더듬기까지 했다. 아무래도 관중이 너무 많아 겁을 먹은 모양이었다.

어떻든 사회자의 멘트에 체육관은 또 한 번 지붕이 들썩였다. 곧 다음 밴드가 등장했다. 우레 같은 박수 소리와 휘파람 소리가 미처 끝나기도 전이었다. 여학생 밴드였다. 모두 다섯 명이었다. 옷차림이 파격적이었고 분장 또한 장난이 아니었다. 상의는 흰색 블라우스에 빨간색 조끼를 덧입었고, 하의 역시 빨간색 초미니스커트였다. 그리고 맨다리에 검은색 롱부츠를 신고 있었다. 가발을 썼는지 꼬불꼬불한 금발머리는 허리까지 내려와 있었으며, 얼굴은 키메라 화장을 해서 기괴하면서도 현란했다. 특히 눈가가 온통 시퍼러둥둥해 섬뜩함마저 자아냈다. 다섯 명 모두가 그랬다.

"어? 제가 소개도 하기 전에 나, 나와 버렸군요? 자, 여러분! 에, 이번에는 우리 학교 3학년 선배님의 여성 밴드입니다. 에, 밴드 이름이 '지지배배'입니다."

소개가 끝나자마자 빠르고 신나는 드럼 소리가 장내를 휘어잡았다. 그리고 곧 가냘픈 몸매의 리드 싱어가 노래를 부르기 시작했다. 체격과는 달리 귀가 먹먹할 정도로 아주 큰 목소리였다.

Colour me your colour, baby

Colour me your car

Colour me your colour, darling

I know who you are……

Call me call me on the line


전율이 느껴지는 폭발적인 사운드가 계속되었다. 학생들은 누가 먼저랄 것도 없이 박자를 맞춰 손뼉을 쳐 댔다. 학생들뿐만이 아니었다. 선생님들까지도 함께 손뼉을 치며 상체를 좌우로 흔들었다. 그들 중 일부는 학생들과 어깨동무를 한 채 목이 터져라 노래를 따라 부르기도 했다. 생전 처음 보는 광경이었다. 눈이 휘둥그레졌다.

마치 록을 연상시키는 듯한 노래가 끝났다. 하지만 관중들은 그 노래에 홀려 한동안 멍하게 앉아 있었다.

"지지배배, 수고하셨습니다. 아주 대단히 파워풀한 노래였어요. 좋았어요!"

사회자가 노래가 끝났음을 알리자 그제야 관중들은 앙코르를 외쳐 댔다.

"앙코르! 앙코르!"

앙코르 소리는 점점 더 커져 갔다. 너나 할 것 없이 입을 모아 목이 터져라 외쳤다.

"앙코르! 앙코르!"

현우람과 육인혁, 채문지와 임서진도 반복해서 소리쳤다. 아버지가 보면 기겁을 할 스타일의 곡이었지만, 나도 큰 소리로 앙코르를 외쳤다. 정말 대단한 가창력이었다. 놀라웠다. 앞서 노래를 했던 '영혼이탈'에 뒤지지 않기 위해서인지는 몰라도 혼신의 힘을 다해 온몸으로 부른 노래였다. 노래의 여운과 감동이 귓속에 남아 계속 가슴을 두드렸다.

"앙코르 곡이 준비되어 있답니다. 자, 지지배배의 두 번째 곡입니다."

밴드 단원들이 목청을 가다듬었다. 그리고 곧 두 번째 곡이 시작되었다.

Hu, ha, hu, ha, Hu, ha, hu, ha
They rode the fastest horses,
left the wind behind Thousand men
Ha, hu, ha!
And one man led the way,
the others followed by Genghis Khan

전주 부분부터 사운드가 힘이 넘쳤다. 리듬 또한 경쾌하면서도 박력이 있었다. 드럼과 베이스기타, 신디사이저가 목소리를 굵게 하는 가성을 써서 남성 목소리를 냈다. 그러자 그것이 리드싱어와 전자기타의 여성 목소리와 결합되어 환상적인 화음을 만들어 냈다. 피를 솟구치게 할 정도로 강렬한 매력이 있었다. 한마디로 노래 속으로 빨려 들어가는 느낌이었다. 저절로 어깨가 들썩여지고 발장단이 쳐졌다. 관중석 전체가 하나가 되어 노래를 따라 불렀다.

가사도 모르고 의미도 모르는 노래였다. 그저 귀에 들리는 거라고는 '칭기즈칸'이라는 말뿐이었다. 하지만 박력 있는 리듬과 매력적인 사운드에 취해 우리도 열심히 따라 불렀다.

"칭, 칭, 칭기즈칸!"

"후, 하, 후, 하!"

손뼉을 치고 몸을 흔들면서 얼마나 열심히 따라 했는지, 손바닥이 아프고 목이 컬컬했다. 이마에는 땀도 맺혔다.

"아주 대단한 열기입니다. 이 커다란 체육관이 이 열기에 다 타 버릴 것만 같네요. 에, 지난여름 SBS 주최 보컬밴드 경연대회에서 성인팀과 당당히 겨뤄 준우승을 차지한 지지배배였습니다. 수고하셨습니다."

'지지배배'가 무대에서 물러났다. '영혼이탈'보다 두 배도 더 되는 환호와 박수를 받으면서였다. 남학생들이 불어 대는 휘파람 소리가 끝도 없이 이어졌다. 나는 노래에도 엄청난 힘이 있다는 사실에 놀라움을 금치 못했다. 정말 신나는 노래였다.

"야, 끝내준다, 졸라 끝내줘! 나 학생 생활 10년 만에 이렇게 재 밌는 학교는 첨 본다. 우리 이 학교에 오길 짱 잘했다."

흥분한 마음을 억지로 누른 뒤, 뒤에 앉은 육인혁과 현우람에게 말했다. 하지만 '지지배배'에게 단단히 홀린 육인혁과 현우람은 아직도 정신을 수습하지 못하고 있었다. 무대에 시선을 꽂은 채 멍한 표정으로 침을 질질 흘렸다. 영혼 이탈 수준을 넘어 영혼 상실 상태였다.

"야, 야! 정신 차려! 속지 말자, 화장빨! 믿지 말자, 조명빨! 몰라?"

다리를 툭툭 치며 말했는데도, 한번 떠난 정신은 집 나간 며느리 모양 쉽게 되돌아오지 않았다.

"어떠냐고? 우리 이 학교 짱 잘 온 것 같지?"

"응! 정말 짱 잘 온 거 같아."

앞에 앉아 있던 임서진이 대신 대답했다. 그러더니 뜬금없는 말을 툭 던졌다.

"얘들아! 나, 저기 저 밴드에 들어갈래!"

"야, 네가 드럼을 치니, 기타를 치니, 노래를 잘하니?"

채문지가 톡 쏘아붙였다. 아직 화가 덜 풀린 모양이었다.

"이제부터 배우면 되지, 뭐!"

"이제부터 배워서 어느 세월에 저런 실력을 갖춰? 꿈 깨! 이룰 수 없는 꿈을 꾸는 건 잔인한 일이야. 나도 초딩 3학년 때 발레리나 꿈꿨다가 완전 피 봤다고. 그때 차라리 아빠가 권했던 피겨 스케이팅을 배웠으면 김연아 선수처럼 됐을 건데."

"어머! 너, 그랬어? 그래도 난 저기 들어가고 싶어."

"공부나 해! 밴드는 대학 가서 취미로 해도 되잖아?"

채문지와 임서진이 밴드 가입을 두고 때 아닌 토론을 하는 사이 무대에서 사회자 누나의 말이 들려왔다. 처음보다 조금 나아진 것 같기는 했다. 그러나 만족할 만한 수준은 아니었다.

"자, 여러분! 특히 남학생 여러분! 에, 흥분 좀 가라앉혀 주세요. 여기서 끝이 아닙니다. 우리 1, 2학년들! 중간고사가 끝났으니 오늘 재밌게 놀아 봐야죠? 안 그렇습니까?"

"그렇습니다!"

모두들 힘찬 목소리로 대답을 했다.

"그러면 무대가 정리될 동안 잠시 기다려 주시기 바랍니다."

곧 무대가 정리되고 사회자가 다시 마이크를 잡았다.

"올해도 우리를 위해 완전히 망가져 주신다는 특별 게스트를 한 분 모셔 보겠습니다."

특별 게스트라는 말에 환호와 박수 소리가 귀청을 때렸다. 2학년들은 이미 축제 경험을 해 봐서 덜했지만 첫 경험인 1학년들의 반응은 가히 폭발적이었다. 축제를 한다는 것 자체가 흥분으로 마음을 들뜨게 했다.

"너희 특별 게스트가 누군지 알아?"

"달인 김병만이라는 말이 있던데?"

"그래 그렇대! 김병만이 왔대."

옆자리에 앉은 다른 반 아이들이 수군거렸다.

우리는 정말 유명한 개그맨이 왔나 보다, 기대가 잔뜩 담긴 눈으로 무대를 응시했다.

"여러분, 바로 그분이십니다. 그분이 입장하시겠습니다."

소개가 끝나자마자 마치 기다리고 있었다는 듯 누군가가 무대로 뛰어나왔다. 그러나 달인 김병만이 아니었다. 실망하는 소리가 여기저기서 들렸다. 무대로 나온 사람은 보통 키에 뚱뚱한 체격이었다. 그리고 앞머리가 홀라당 벗겨져 번들번들했다. 나이는 50대 후반으로 보였고, 허름한 밤색 점퍼에 헐렁한 회색 면바지, 키높이 발목구두가 꼭 군고구마 장사 스타일이었다. 2학년 선배들이 환호를 하며 맞이했다. 아는 사람인 모양이었다. 하지만 1학년들은 난생 처음 보는 얼굴이었다.

"뭐야? 저 홀라당 아저씨가 대체 누구야?"

"나도 몰라. 우리 학교 총동문회장쯤 되나?"

"그런 것 같다."

나와 육인혁, 현우람은 고개를 갸웃거리면서 총동문회장이 틀림없다고 생각했다.

"이 자리에서 만나 뵙게 되어 감회가 새롭습니다. 올해도 그 노래 부르실 거죠?"

"아, 그럼요. 나의 십팔번은 오직 하나입니다. 앞으로도 계속 변함없을 겁니다."

사회자가 실실 웃으면서 반주 기계로 다가갔다. 그리고 번호를 눌렀다. 곧 반주가 흘러나왔다. 반주에 맞춰 몸을 좌우로 살랑살랑 흔들던 홀라당 아저씨가 노래를 시작했다. 콧소리가 약간 섞여 발음이 정확하지 못했다.

"백 갈매기~ 백 갈매기~ 날개 젖은 백 갈매기~ 찬바람 긴 여로에 흠뻑 젖은 하얀 그 날개…… 이 황혼을 마시고~ 이 밤을 마시고……."

앞 무대와는 노래 분위기가 백팔십도 다른 트로트 뽕짝이었다. 아버지가 질색하는 장르였다. 천박, 유치, 상스럽다는 게 그 이유였다. 하지만 나는 독특한 느낌에 왠지 끌렸다.

점차 목소리를 높여 가던 홀라당 아저씨는 곧 자기 흥에 도취돼 열창을 해댔다. 그의 얼굴 표정뿐만 아니라 동작 하나하나가 웃음을 자아냈다. 눈을 지그시 감고 머리를 앞뒤로 흔들면서 굵직한 침방울을 사방으로 튀겼다. 전기에 감전이 된 듯 간혹 마이크를 잡은 두 손을 덜덜 떨기도 했다. 그러다가 또 제 꼬리를 쫓는 강아지 모양 무대를 빙빙 돌았다. 감정이 흠뻑 이입되어 노랫가락마다 눈물이 뚝뚝 흘러내릴 것만 같았다.

학생들은 앞서 나왔던 밴드만큼이나 열렬한 반응을 보였다. 그러던 중에 2학년 좌석에서 누군가가 크게 외쳤다.

"달구샘, 알라뷰!"

곧 그 소리는 곳곳에서 들려왔다.

"뭐? 달구샘?"

"달구라면?"

그제야 우리는 깜짝 놀라 그를 자세히 살폈다. 진짜 박달구였다. 우리 반 담임이자 국사 과목 담당인 된장항아리 박달구 선생이 분명했다.

평소에 늘 입던 양복을 벗어던지고, 선글라스 형의 큼직한 금테 안경도 쓰지 않고, 키높이 구두를 신고, 심지어 앞머리가 반들반들한 대머리라서 1학년들은 그를 전혀 알아보지 못한 것이었다(거리가 멀고, 조명이 빨강, 파랑, 노랑으로 자꾸 바뀌어서 추측조차 할 수가 없었음). 근엄하고 엄격한 모습의 그가 아니었다. 평범하다 못해 촌스럽기까지 한 털털한 모습이 마치 전국 노래자랑에 참가한 시골 농부 같았다. 그런 파격적인 변신과 우스꽝스런 행동에 1학년들도 '달구샘, 알라뷰!'을 합창했다. 주로 여학생들이었다.

"뭐야? 그럼 그동안 가발을 쓰고 있었단 말이잖아?"

"그러게. 깜빡 속았네!"

나는 적잖이 충격을 받았다. 그 충격으로 입을 헤벌린 채 덜떨어진 송아지처럼 껌뻑껌뻑 된장항아리를 바라보았다.

학생들의 열화 같은 요청에 더 이상 아는 노래가 없다고 버티던 된장항아리는 〈용두산 엘레지〉, 〈대전 블루스〉라는 듣도 보도 못한 옛날 노래를 연거푸 두 곡이나 불러 관중들의 배꼽을 또 쑥 뽑아 놓았다. 노래는 구슬픈 곡인데 노래를 하는 된장항아리의 표정이나 동작은 우스꽝스럽기가 그지없었다. 노래를 마친 그는 안 신던 키높이 구두를 신어 발이 아픈지 뒤뚱뒤뚱 무대 뒤로 들어갔다.

"걱정 근심 하나 없는 개팔자가 뭔 슬픈 일이 있다고 슬픈 노래만 부르냐? 그것도 케케묵은 옛날 노래를. 정말 된장 냄새 난다야. 암튼 왕짱 웃기네. 저 젠장항아리, 선생하는 것보다 저거 하는 게 훨씬 더 잘 어울려. 안 그러냐? 으크크크!"

나는 한참 동안이나 배를 잡고 웃었다. 터져나오는 웃음을 주체할 수가 없었다. 육인혁과 현우람, 임서진도 눈물을 찔끔거리며 키득거렸다. 그러나 채문지는 여전히 뚱한 표정이었다. 저 계집애 저거 뭐야? 된장이랑 대체 뭔 사이인 거야? 나는 눈이 찢어져라 문지의 뒤통수를 노려보았다.

"아흐흐흐! 아이고! 배야!"

"오호오호! 사람 죽인다. 사람 죽여!"

이어서 학생 위문공연이라며 처녀 선생 다섯 명이 나와서(맨살처럼 보이도록 만든 커다란 엉덩이를 히프에 끼우고 나옴) 유명 걸 그룹의 엉덩이 댄스를 한바탕 추었다. 학생들이 또 한 번 발랑 뒤집어졌다. 그리고 곧바로 총각 선생 여러 명이 전직 대통령들의 커다란 얼굴 탈(캐리커처로 표현한 커다란 머리통)을 쓰고 우르르 등장했다. 그러고는 원탁에 둘러앉아 성대모사로 대담을 시작했다. 점잖게 시작한 대담은 곧 말싸움으로 변했다. 의자를 박차고 일어서서 서로 삿대질을 하며 침을 튀겼다.

"본인은 잡아야 할 것은 확실하게 잡아! 그런데 그건 본인도 모르는 일이야. 여기 내 친구한테 물어봐."

"나, 이 사람 믿어 주세요! 내가 그런 게 아니에요!"

"여러분! 닭 모가지를 비틀어도 새벽은 옵니다. 갱제, 학실히 살려 놔야 합니다."

"딴 방법 없어요. 경제를 살리려면 무엇보다 금을 모아야 하는 거여요. 에~, 그러지 않아요?"

"지금 경제가 나 때문에 죽었다는 겁니까? 이쯤 되면 막 가자는 거지요?"

노력한 흔적이 보였다. 하지만 어설픈 구석이 많아 호응은 그다지 좋지 않았다. 그래도 나는 후한 점수를 주었다. 젊은 총각 선생들이고 인물도 괜찮았기 때문이었다. 특히 꽃미남 미술 선생이 끼어 있어서 10점 더 플러스를 시켰다.

"이상으로 제2부 어울림 마당이 끝나고 30분 쉬었다가 제3부 뒤풀이 마당이 이어지겠습니다. 여러분, 30분간 휴식입니다. 얼른 화장실에 다녀오시고, 출출하신 분은 복도에 마련된 판매대에서 컵라면이라도 하나 들고 오시기 바랍니다. 그게 다 불우학우를 돕는 일입니다."

학생들이 하나둘 자리를 떠 밖으로 나갔다. 선생님들도 둘씩 셋씩 어울려 복도로 향하는 모습이 보였다. 하지만 대부분은 그대로 자리를 지키고 있었다. 파란 커튼이 내려진 무대는 잠자는 바다처럼 잠잠했다.

"우리 그만 갈까? 3부는 뭐 볼 게 있겠어? 프로그램 보니까 동문회장 인사말하고 장학금 수여식, 그리고 간단한 행사 두어 가지뿐인데."

"그래! 점심을 조금 먹었더니 배도 고프고. 빨리 가자! 우람이가 양념통닭 사기로 했잖아?"

나의 제안에 육인혁, 현우람, 임서진이 동의했다. 하지만 채문지는 반대했다.

"가려면 너희끼리 가! 나는 끝까지 다 볼 거야."

"왜? 같이 가자. 너, 통닭 좋아하잖아?"

"안 좋아해!"

내가 함께 가자고 말하자 안 좋아한다고 딱 잡아뗐다. 지난번 롯 데리아에 갔을 때는 혼자서 거의 반 마리나 먹었던 문지였다.

"그럼 뭐 할 수 없지! 우리끼리 가자."

문지 혼자 두고 넷이서만 나왔다. 내 마음 한쪽이 싸하게 저렸다.

육인혁과 현우람이 성큼성큼 앞서 갔다. 나와 서진이는 뒤로 좀 처졌다.

"야, 서진아! 저……."

"뭐? 뭔데? 말해 봐."

서진이가 기대감을 가득 품은 눈으로 바라보았다. 나는 한참이나 머뭇거렸다.

"괜찮아! 말해 봐!"

서진이가 멈춰 서서 재촉을 했다. 눈빛이 꼬마전구처럼 반짝거렸다. 서진이 눈을 똑바로 바라보며 입술에 침을 발랐다. 그리고 용기를 내 조심스럽게 말을 꺼냈다.

"저, 여자들은 생리 중에 변덕이 죽 끓듯 한다던데, 혹시 문지 쟤 그거 아니니?"

"뭐야? 내가 문지 생리일을 어떻게 알아? 알고 싶으면 니가 직접 물어봐!"

서진이가 땅벌처럼 톡 쏘았다. 눈빛도 날카로웠다.

"에이! 내가 그런 걸 어떻게 직접 묻냐? 설사 묻는다 해도 걔가 솔직하게 대답해 주겠니?"

"그러면 섯 더 아가리 하고, 빨리 따라오기나 해!"

곁눈으로 나를 째려보며 서진이가 또 퉁명스럽게 소리쳤다. 그러고는 앞으로 뛰듯이 걸어갔다.

"서진아, 같이 가!"

크게 소리쳐 서진이를 불렀다. 그러자 서진이는 더욱 빨리 걸었다. 나도 빠르게 걸어 서진이를 쫓아갔다. 서진이는 아예 뛰어가기 시작했다. 서진이의 짧은 교복 치마가 나비처럼 팔랑거렸다.

# 알 수 없는 것들

지항구가 결석을 한 지 열흘이 지났다. 아이들이 삼삼오오 몰려 앉아 수군거렸다. 각자 나름대로 이런저런 추측을 하기도 했다. 하지만 대부분은 항구가 없어져 홀가분해하는 것 같았다.

"내, 이럴 줄 알았어! 결국은 이렇게 일 저지를 줄 알았다고. 한눈에 척 알아봤다고."

나는 다소 큰 목소리로 말했다. 아이들이 입을 다물고 나를 바라보았다. 나는 아주 일어서서 더 큰 소리로 말했다.

"요즘은 개나 소나 한 번씩 가출을 한다는데, 걔도 그거야. 가출한 거라고. 지항구 걔, 우리보다 나이 많다고 무게만 잡고, 말도 안하고, 좀 건방졌잖아? 껄렁껄렁한 게, 아무래도 조폭 똘마니 같아! 언젠가 각두기들이랑 함께 있는 걸 내가 봤다고."

나는 없는 사실을 덧붙여 과장까지 하며 지항구를 헐뜯었다.

"그놈 성폭행죄로 소년원에 있다가 나온 게 틀림없어! 남자새 끼가 치사하고 더럽게 성폭행이 뭐야, 성폭행이? 에이, 퉤퉤! 애초에 그런 놈을 우리 반으로 끌고 들어온 젠장의 잘못이야. 놈이 온 다고 해도 받지 말았어야지."

아이들이 서로 의견을 교환하는 소리가 여기저기서 들렸다. 나는 지항구 비난에 더욱 박차를 가했다. 아예 교단으로 나가서 혹평을 토해 냈다. 속에서 짜릿한 쾌감이 일었다.

"야, 걔, 머리가 안 돌아가니까 그만둔 거지 뭐! 성적도 하위권이 잖아? 그러니 뻔하지. 수업을 못 따라가니까 학교 다닐 맛 나겠어? 가출해서 제 갈 길을 간 거라고. 그런 애들은 그런 짓이나 하면서 사는 게 정상이야. 너희들, 그놈이 사라지니까 속이 후련하지? 앓던 이 빠진 기분이지? 아, 젠장도 어디로 좀 사라져 주면 좋을 텐데."


이틀 뒤였다.

"모은표."

담임 된장이 내 이름을 불렀다.

"예!"

"너, 오늘 수업 끝나고 지항구네 집 좀 찾아가 봐라."

"예에?"

턱이 빠질 듯 입을 크게 벌리고 되물었다.

"걔네 집 전화도 없고 달랑 집 주소뿐이야. 항구 휴대폰 번호는 결번이라고 나와. 녀석이 휴대폰을 바꿨나 봐. 자료를 살펴보니까 너네 집이 항구네 집하고 가장 가깝더라. 내가 주소 줄 테니, 가 보고 내일 나한테 보고 좀 해!"

가기 싫었다. 지항구하고는 전혀 친하지 않았다. 친하기는커녕 아주 싫어 했다. 그동안 말 한 번 나눠 보지도 않았다. 그런 그를 나보고 찾아가라니? 난감했다.

"지, 직접 가시지, 요?"

"안 된다. 선생은 학생 집을 방문할 수 없어. 규정이 그렇게 되어 있다. 촌지를 받는다나, 향응을 받는다나, 원!"

"아이 씨!"

나는 인상을 찡그리며 뒤통수를 긁적였다. 지항구가 결석을 하든 말든 내가 알 바 아니었다. 죽었어도 상관없었다. 반장도 있는데, 왜 내가 가요? 딱 잘라 못 가겠다고 말을 하려는데,

"선생님, 제가 은표랑 같이 가 볼게요."

임서진이 촉새처럼 나섰다.

"응? 그래! 임서진, 네가 은표랑 같이 가 봐라. 남의 집에 혼자 찾아가기가 조금 쑥스럽기는 하지."

눈을 가늘게 뜨고 임서진을 쳐다보았다. 임서진이 한쪽 눈을 찡

굿하며 살짝 웃었다.

담임이 내게 주소가 적힌 쪽지를 건네주고 나갔다. 담임이 나가자마자 나는 책을 집어던지고 욕설을 퍼부었다.

"아, 저 젠장 저거. 왜 하필 나야? 내가 지 종이야? 늙고, 배불뚝이에다가 못생긴 홀라당, 실력도 없고, 꼴에 고급 양복에 메이커 구두나 밝히고. 우리 몰래 학부모한테 뒷돈을 챙겨 왔을 거야, 저 젠장이. 틀림없어! 요즘 귀신들 다 뭐하는 거야? 시청 광장에 모여 파업이라도 하나? 저런 거 안 잡아가고. 에이! 퉤퉤!"

그때였다. 채문지가 벌떡 일어났다. 그러더니 나를 잡아먹을 듯 노려보았다. 나도 문지를 마주 노려보았다. 날카로운 눈빛이 공중에서 상당 시간 마주쳤다. 불꽃이 튀어 눈알이 시큰했다. 아이들은 숨을 죽이고 우리를 살폈다. 문지가 먼저 눈빛을 거둬들였다. 눈물을 흘리고 있었다. 문지의 뺨을 타고 내리던 눈물방울이 책상 위로 똑똑 떨어졌다. 저건 대체 왜 저러는 거야? 속으로 그 말을 하는 순간, 문지가 손바닥을 들어 자기 입을 틀어막았다. 그러자마자 교실 밖으로 후다닥 뛰어나갔다.

"문지 쟤, 젠장이랑 사바사바 오이사바 아냐? 요즘 말도 안 되는 부적절한 관계가 꽤 많다던데?"

슬슬 비웃으며 말은 그렇게 했지만, 속 기분은 정말 드러웠다. 구역질이 났다. 피시방에서 보았던 저질 일본 만화 내용이 고스란히 떠올라 더욱 그랬다.

"웩! 우리나라도 이거 개판 다 되었군!"

아이들이 수군거렸다. 수군거림은 곧 소란으로 변했다.

"정말 그런 사이인지도 몰라!"

"맞아! 언젠간 서로 은근한 눈빛도 주고받았어."

"나는 함께 승용차를 타고 가는 것도 봤어."

소란은 급기야 소동으로까지 발전되었다. 반장이 교단으로 나가 통제를 했다. 전혀 먹히지 않았다.


미로처럼 얽힌 비좁은 골목길을 이리저리 돌고 돌았다. 경사도 가팔라 금세 숨이 턱까지 차올랐다. 삐질삐질 땀도 흘러 온몸이 끈적거렸다. 기분이 영 좋지 않았다.

"와우! 기분 좋다. 상쾌하다."

그런데도 임서진은 희희낙락이었다. 땀으로 얼굴이 번들번들한데 뭐가 좋다는 거야? 웃기는 애였다.

"이런 언덕배기에 어떻게 이렇게 집을 지었냐? 그것도 다닥다닥. 참, 불가사의다. 세계 7대 불가사의야."

"인간은 위대한 거야."

뭐? 뭐? 비아냥거리느라 한 말을 그렇게 받으면 어떡해? 하여간 여자애들은. 이마에 흐르는 땀을 닦으며 서진이를 곁눈질했다.

"그 젠장 지가 오기 싫으니까 공사가 다망한 나를 점찍어…….
하여간 밥맛 떨어지는 행위만 골라서 한다니까."

"불평하지 말고 번지수 잘 찾아봐! 이 부근 어딘 것 같아."

그러나 그 부근이 아니었다. 일부러 놀리느라 그렇게 정한 건지,
번지수라는 게 차례차례 이어져 있지가 않았다. 완전 뒤죽박죽이
었다.

"이거 뭐 이래? 번지수 하나도 반듯하게 못 정하고, 스발!"

결국 길 잃은 강아지마냥 사방팔방으로 한 시간 반이나 헤맨 끝
에 겨우 찾아냈다. 주위가 어둑어둑해져 방범등이 하나둘 켜지고
있을 때였다. 그것도 내가 찾은 게 아니라 서진이가 찾은 것이었
다. 맨 꼭대기 집이었다. 너무 힘이 들어 정말 입에서 헉헉거리는
똥개 소리가 다 났다.

"이 집이다. 봐! 번지수 맞지?"

검은 이끼가 잔뜩 낀 시멘트 대문 기둥 윗부분에 번지수가 적힌
판이 붙어 있었다. 담임 된장이 준 주소의 번지수와 정확하게 일치
했다. 틀림없었다.

"번지수는 맞는데……?"

번지수는 맞는데, 집이 어째 좀 이상했다. 진녹색 페인트가 칠해
진 조그마한 철대문. 너무 오래되어 성한 곳보다는 녹슬어 떨어져
나간 부분이 훨씬 더 많았다. 게다가 대문 두 짝이 아귀가 맞지 않

고, 안쪽으로 비스듬히 기울어져 있었다. 그 대문 틈새로 집이 보였다. 철대문보다 더 낡은 슬레이트 집. 거지들이 사는 움막이나 다름없는 납작한 집 한 채가 통째로 내 시야에 들어왔다.

"사람이 사는 것 같지가 않아."

서진이가 고개를 갸웃거리면서 안을 들여다보았다.

"비켜 봐! 일단 들어가서 불러 보게."

나는 서진이를 밀치고 집 안으로 들어갔다. 그러고는 코딱지만 한 마당에 서서 항구를 불렀다. 빨리 알아보고서 빨리 돌아가고 싶은 마음에서였다.

"지항구! 항구야!"

없었다. 꽤 큰 목소리로 불렀는데 방 안에서 아무 반응이 없었다. 가만히 귀를 기울여 방 안의 기척을 살폈다.

"방 안에 누가 있는 것 같기는 한데?"

조심조심 방문으로 걸음을 떼어 놓았다. 방 안에서 들려오는 소리는 사람의 말소리가 분명했다. 허나 웅성거리기만 할 뿐 무슨 말인지 자세히 알 수는 없었다. 바짝 다가가 귀를 기울였다. 한두 사람이 아닌 여러 사람의 말소리였다.

"지항구! 항구, 방에 있니?"

대답이 없었다. 몇 차례 방문을 두드렸다. 그런데도 안에서는 아무런 응답이 없었다. 웅성거리는 사람들의 말소리는 여전한데, 요상한 일이었다. 가만히 문고리를 잡았다. 살며시 방문을 열었다. 방문을 열자 희뿌연 빛이 먼저 눈으로 날아와 꽂혔다. 텔레비전이 었다. 방 윗목에 구닥다리 중고 텔레비전이 혼자 앉아 쉴 새 없이 떠들어 대고 있었다. 화면에서 내뿜는 희붉은 빛이 어찌나 어지러 운지 눈을 제대로 뜰 수가 없었다. 텔레비전 화면에서 눈을 돌려 전등불도 켜 있지 않은 어둠침침한 방 안을 찬찬히 살폈다.

아무렇게나 널려 있는 지저분한 옷가지들, 귀퉁이가 한 뼘쯤 떨 어져 나가고 칠이 거의 다 벗겨진 조그마한 밥상, 그 위에 덩그러 니 놓여 있는 시커먼 양은 냄비 하나, 파리 떼만 밥상 주위를 바쁘 게 오갈 뿐, 방 안에는 아무런 움직임도 없었다. 나는 그 광경을 그 저 멍하니 바라보았다. 그러다 아랫목 벽에 바짝 붙어 있는 길쭉한 물체를 겨우 발견해 냈다. 밥상 그림자에 가려져 무언지 확실하게 알 수가 없어 머리를 들이밀고 자세히 살펴보니 분명 사람이었다. 머리카락이 희끗희끗한 노인이었다. 혹시 죽은 건 아닐까? 덜컥 겁이 났다. 하지만 다시 한 번 꼼꼼히 살펴보았다.

"은표야, 왜 그래?"

서진이가 다가와 옆에 섰다.

"누가 있는데 항구는 아니야."

방문을 열고 마냥 있을 수도 없고 그렇다고 그냥 돌아설 수도 없어, 주저주저하다가 입술을 뗐다.

"실, 실례합니다."

점점 목소리를 높여 가며 몇 번을 더 부른 다음에야 노인이 천천히 일어나 고개를 돌렸다. 그러더니 양미간을 잔뜩 찌푸리고 한참 동안 우리를 쳐다보았다. 말은 없었다. 텔레비전 화면의 푸른빛을 측면에 받으며 그렇게 바라보고 있는 노인의 모습이 흡사 귀신처럼 보였다. 등골이 오싹했다. 깊게 파인 볼 위에 드리워진 몇 가닥의 흰 머리카락, 그 사이로 번쩍이는 눈빛이 특히 무서웠다.

"할아버지! 여기가 지항구네 집 맞지요?"

"누구?"

노인은 방문 쪽으로 엉덩이를 끌고 왔다. 거동이 불편한지 움직임이 자연스럽지 않았다. 한쪽 팔이 반쯤 구부러져 굳어 있었고, 그와 반대로 한쪽 다리는 길게 뻗은 상태로 구부러지지가 않았다. 힘겹게 내게 다가온 노인이 허리를 틀어 왼쪽 귀를 바짝 들이댔다. 귀도 어두운 모양이었다.

"지, 항, 구요."

노인의 귀에 입을 가까이 대고서 다시 큰 소리로 또박또박 대답했다. 그제야 겨우 알아듣고 노인이 얼굴을 들어 올려다보았다.

"항구?"

"예, 지항구!"

"어디서 왔누?"

"학교에서요. 담임선생님이 가 보라고 해서 왔어요."

노인은 이내 고개를 떨군 뒤 콧구멍으로 한숨부터 길게 한 가닥 뽑아냈다. 그런 다음 상 밑에서 느릿느릿 담배꽁초를 찾아 입에 물고서 말없이 텔레비전 화면만 쳐다보았다. 우리가 방문 밖에 서 있다는 사실을 이미 까맣게 잊어버린 듯했다. 그저 텔레비전 화면에 시선을 깊숙이 박아 버린 채 말이 없었다.

"항구 집에 없어요?"

"……!"

"할아버지?"

한참 만에야 노인은 인상을 잔뜩 찡그리며 버럭 고함을 내질렀다.

"문 닫고 들어와! 날벌레들 끼어들잖아?"

노인의 신경질적인 고함에 놀라 나는 그만 얼떨결에 방 안으로 들어섰다. 서진이도 뒤따라 들어왔다. 우리는 방바닥에 살며시 주저앉았다. 그러자 밥상에 붙어 있던 파리들이 일제히 날아올랐다. 노인이 느린 손동작으로 전등불 스위치를 올렸다. 양쪽 끝이 시커멓게 죽은 형광등이 여러 차례 껌벅거리다가 겨우 켜졌다. 형광등 불빛에 드러난 방 안은 더욱 지저분했다. 사람이 밥을 먹고 잠을 자는 장소라고는 도저히 생각할 수조차 없을 정도였다. 누가 일부러 때려 부수기라도 한 듯 가재도구도 부러지고 깨지고 엉망진창이었다.

공중을 떠돌던 파리 두어 마리가 방바닥을 집고 있는 노인의 손등에 앉았다. 하지만 노인은 그것을 느끼지 못하는지 별 반응이 없었다. 나는 노인의 바짝 말라 거칠거칠한 손을 살폈다. 손톱이 길어 새까맣게 때가 끼어 있었다. 그의 왼손 넷째 손가락 옆면에 푸른 점이 얼핏 보였다. 특이한 모양으로 크기가 단추만 했다.

노인의 손에서 시선을 거둬 방 안을 둘러보았다. 한쪽 벽면에 걸려 있는 액자 두 개가 눈에 띄었다. 액자 속에는 누렇게 빛이 바랜 A4용지 크기의 흑백사진이 들어 있었다. 볼품이 없는 싸구려 액자는 유리와 테두리에 금까지 간 상태였다. 게다가 파리똥이 검은 깨알처럼 무수히 박혀 있었다. 육인혁이네 집 거실, 고급스런 액자 속에 들어 있던 커다란 사진들이 떠올랐다. 인혁이가 자신의 증조, 고조할아버지라고 설명했었다.

"내 조상님들이셔. 아주 훌륭하신 분들이시지! 훌륭하신. 허흐흐!"

노인이 턱으로 사진을 가리키며 말했다. 그러나 목소리에 힘이 하나도 없었다. 어감도 이상했고 표정도 좋아 보이지 않았다. 힘없는 목소리로 훌륭하신을 두 번이나 반복한 점 또한 귀에 거슬렸다. 특히 끝에, 허흐흐! 내뱉은 웃음소리는 공허하게 들리기까지 했다.

노인이 담배를 한 모금 깊이 빨아들여 허공에 길게 토해 냈다. 연기는 허공에서 넓게 퍼지며 불빛을 흐리게 했다.

"너무 훌륭하신 조상들을 둔 덕에 우리는 대대로 못 배우고, 대대로 배를 곯고, 이리 차이고, 저리 밀리고, 후우!"

이번에는 자조기가 다분히 섞인 목소리였다. 노인이 내뱉은 한숨 소리는 담배 연기보다 더 길고, 더 짙었다.

"이젠 더 이상 옮기지 않고 여기 있을 거야. 죽일 테면 죽이라고 그래. 차라리 죽는 게 나아."

노인은 계속 혼잣말처럼 지껄였다.

"항구는 어디 갔나요?"

노인은 항구가 어디 갔는지 모른다고 했다. 언제 들어올지도 알 수 없다는 말이었다. 그러고는 한숨만 반복적으로 내뿜었다. 우리는 끝내 지항구를 만나지 못했다. 아무 소득 없이 그 집을 나올 수밖에 없었다.

"집이 좀 그렇다. 네 말대로 항구가 가출할 만도 하다. 그치?"

서진이의 물음을 무시하고 나는 서둘러 언덕동네를 내려왔다.

"은표야, 우리 좀 걷자. 밤바람이 살랑살랑 부는 게 걸을 만하잖아?"

"……!"

"내가 저녁 쏠게. 뭐 먹고 싶어? 말해 봐."

먹고 싶은 게 없었다. 하지만 걷고는 싶었다. 바람을 쐬며 분위기를 전환시켜 줘야 할 것 같았다.

"그냥 걷자."

서진이와 나는 정해 둔 목적지도, 방향도 없이 무작정 걸었다.

"나, 너한테 할 말 있어!"

"할 말? 나한테?"

"응!"

우리는 인도를 따라 또 오랫동안 걸었다.

"할 말이 있다고 하더니?"

"응! 좀 더 걷다가."

서진이는 말은 않고 자꾸 시간만 끌었다. 내 옆에 바짝 붙어 걸으면서 연속적으로 곁눈질만 해 댔다. 나는 빨리 독서실로 가고 싶었다. 독서실에 가서 수학 문제를 한 번 더 훑어볼 계획이었다.

서로 말없이 세 정거장이나 더 걸었다. 벌써 밤 열 시가 다 되어 있었다. 어색한 침묵을 참지 못하고 내가 먼저 입을 열었다.

"집이 어디야? 늦게 들어가도 돼?"

"응! 좀 늦어도 상관없어!"

"……?"

전혀 예상 밖의 대답이었다. 걸음을 멈추고 서진이를 물끄러미 바라보았다. 서진이도 나를 마주 바라보았다.

"네가 좀 바래다 주면 늦어도 되지 뭐!"

"집이 어딘데?"

"저쪽으로 돌아서 쭉쭉 가면 돼."

"그럼 가자!"

빨리 바래다 주고 택시를 잡는 게 나을 것 같았다. 안 그러면 밤새 서울 거리를 걸어다닐 태세였다. 콧노래까지 흥얼거렸다.

"나는 가끔 혼자서 밤길 잘 걸어. 어느 길로든 끝까지 가 보고 싶을 때도 있어."

"안 무서워?"

뒤를 돌아보지 않고 물었다.

"무섭기는 뭐가 무서워? 근데 저, 은표야!"

내가 빨리 걷는 바람에 두어 걸음 뒤처져 있던 서진이가 쫓아왔다. 쫓아와서 대뜸 팔짱을 끼었다.

"뭐가 그렇게 급해? 천천히 가, 좀!"

천천히 가! 명령 투였다. 저절로 이맛살이 찌푸려졌다. 팔을 빼내려 하였으나 서진이가 더욱 세게 붙잡았다.

어느 대형마트 앞에 이르렀을 때였다. 영업이 끝나 본관의 불은 다 꺼져 있었다. 그러나 본관 옆 소공원 정원수에는 꼬마전구를 줄줄이 달아 놓아 별처럼 빤짝거렸다. 서진이는 나를 그쪽으로 유도했다. 다리가 아파 좀 쉬려는 모양이다 생각하며 거부 않고 따랐다. 안쪽 나무 밑으로 들어갔다. 어둠침침한 데다 꽃향기도 풍겨 제법 운치가 있었다. 서진이가 나를 마주 보고 섰다. 시간도 그렇고, 장소도 그렇고, 묘한 분위기가 연출되었다. 남들이 보면 오해하기 딱 좋은 그런 광경이었다.

"있잖아?"

"응?"

"나!"

"응!"

"너, 좋아해!"

이제까지와는 달리 부드럽고 촉촉한 목소리로 꺼낸 말이었다. 그러나 나는 아무 대꾸도 하지 못했다. 아니, 안 했다. 그저 쉴 새 없이 반짝이는 꼬마전구만 바라보고 서 있었다. 언젠가 겨울밤에 보았던 별무리 같았다.

"내가 먼저 말하니 약간 쑥스럽다. 남자한테 빨간 장미꽃을 받으며 사랑 고백을 듣고 싶었는데……."

"……!"

나는 3분도 넘게 멀뚱멀뚱 꼬마전구들을 바라보다 몸을 돌렸다. 성큼성큼 걸어갔다. 서진이가 뒤쫓아 오면서 소리쳤다.

"야, 모은표! 나, 너 좋아한다고. 사랑한다고."

그 소리에 놀라 지나가는 행인들이 힐끔힐끔 쳐다보았다. 얼굴이 화끈거렸다. '뭐? 사랑? 아니, 저게 미쳤나? 쪽팔리게 쟤, 왜 저러는 거야?' 슬슬 짜증스러웠다.

걸음 속도를 높였다. 그러자 서진이는 아예 고함을 질러 댔다.

"사랑한다고, 모은표!"

"……!"

"야! 내 말 안 들려? 대답해야지. 거기 서 봐, 좀!"

더욱 빨리 걸었다. 사랑한다는 말을 참 쉽게도 잘하네! 나는 여태 누구한테도 그런 말을 한 적이 한 번도 없는데. 서진이가 빠르게 쫓아오며 되풀이해 외쳤다. 왜 하필 나를? 육인혁도 있고, 현우람도 있는데? 그리고 샤프한 반장도 있잖아? 나는 옷깃을 세워 아예 귀를 막아 버렸다. 그러나 두근거리는 심장을 멈추게 할 수는 없었다. 나, 왜 이러지? 구태여 말하자면 서진이보다 문지를 더 좋아하는데? 걸음 속도를 늦췄다. 그러자 곧 서진이가 가까이 따라왔다. 나는 다시 걸음 속도를 높였다. 그렇게 몇 번을 반복했다.

"뭐야? 은표 너, 지금 나 놀리는 거야?"

나도 모를 일이었다. 회피하고 싶기도 하고 접근하고 싶기도 한 애매한 이중 감정이 속에서 복잡하게 얽히고 있었다. 고개를 들었다. 하늘이 잔뜩 흐려 별 하나 보이지 않았다.

"서 보라고. 야! 너, 그러면 재미 없어, 정말!"

"택시! 택시!"

지나가는 택시를 불러 세웠다. 임서진이 득달같이 달려왔다.

"아저씨, 옥수역이오. 빨리요! 빨리!"

얼른 올라타고 문을 꽝 닫았다. 백미러로 보니, 임서진이 무어라 고래고래 소리를 질러 댔다.

다음날 된장한테 보고를 하러 교무실에 들렀다. 그런데 된장이 먼저 입을 열었다. 얼굴색이 어두웠다.

"아까 항구 엄마한테서 전화가 왔는데, 항구를 자퇴시키겠다는 구나."

"그래요?"

"한참 설득을 했는데, 집안 사정 때문에 어쩔 수 없다더구나. 그 애가 학교에 적응하기 어려웠던 모양이야. 나쁜 길로 빠지지 말기를 바라야지 뭐!"

그뿐이었다. 그 말을 끝으로 된장은 나에 대해 물었다.

"은표, 너는 공부 열심히 하고 있겠지?"

"예, 열심히 하고 있습니다."

# 깨어진 꽃병

길이 막히지 않아 수학 그룹과외에 35분이나 일찍 도착을 했다.

"너무 일찍 왔는데요, 아버지!"

"일찍 들어가 있어!"

"예!"

차문을 열고 나가 책가방을 둘러멨다.

"중간고사 성적표는 언제 오는 거야?"

"학교에서 2, 3일 내로 발송할 거예요."

"얼른 가 봐!"

"예!"

차문을 닫았다. 아버지가 백미러로 나를 살펴보며 천천히 떠났다. 나도 천천히 오피스텔 건물로 걸어갔다. 막 현관으로 들어가려는 순간, 안에서 누군가가 급하게 나왔다. 같이 과외를 받는 다른 학교 학생이었다. 안면만 있을 뿐 사적인 대화를 나눠 본 적은 한 번도 없었다.

"어? 그냥 가는 거야?"

"선생 없어! 오늘도 쉬고 다음에 보충한대."

그 말을 남기고 휙 가 버렸다.

"그럼 어떡하지?"

버스 정류장 벤치에 잠시 앉았다. 아버지가 집에 있어서 사실은 독서실로 가고 싶었다. 하지만 집으로 가야 했다. 새로 구입한 수학 선행 학습 교재를 풀어 둬야 하기 때문에 어쩔 수 없었다. 터덜터덜 걸어 가까운 지하철역으로 들어갔다. 몇 호선을 타는 게 빠를까, 노선도를 살핀 다음 2호선인 을지로 순환선을 타기로 했다. 어차피 왕십리에 가서 한 번 갈아타야 할 것이었다.

전철 안에는 사람들이 꽉꽉 들어차 숨이 막혔다. 아 스발! 웬 인간들이 이렇게 많은 거야? 저절로 이맛살이 찌푸려졌다. 전철이 흔들릴 때마다 주변 사람들과 몸이 닿았다. 모르는 사람들과 몸이 닿는다는 게 기분이 영 좋지 않았다. 무거운 가방이라도 좀 벗어서 선반 위에 올리고 싶었다. 그러나 사람들을 헤치고 안으로 들어가기가 귀찮았다. 고개를 치켜들고 전철 천장에 시선을 꽂았다.

역에 정차할 때마다 사람들은 점점 더 많아졌다. 이제 몸을 움직일 수조차 없었다. 그런데도 어느 장사꾼이 사람들을 비집고 옆 칸에서 건너와 떠들어 댔다. 약간 목이 쉰 아주머니 목소리였다.

"죄송합니다. 죄송합니다. 하지만 제가 죄송을 무릅쓰고 오늘도 이렇게 나온 것은 여러분들에게 꼭 알려드리고 싶은 아주 좋은 상품이 있어서입니다. 보시면 누구나 깜짝 놀랄 상품입니다."

듣지 않으려고 해도 원체 크게 떠드는 소리라 고스란히 귀로 들어왔다. 말소리가 들려오는 쪽으로 고개를 돌렸다. 그러나 사람들에 가려져 누군지 보이지 않았다.

"이 접착제는 저기 안산 반월 공단에 자리 잡고 있는 영실화학이라는 중소기업에서 무려 6년간이나 연구를 해서 개발한 것으로……."

다음 정차역을 알리는 안내 방송으로 장사꾼의 말이 끊겼다. 그리고 다시 이어졌다.

"이것은 기존에 보았던 잡스런 접착제와는 비교 자체가 되지 않는 것입니다. 수준 자체가 틀립니다. 이것은 특허청에 특허출원까지 한 제품으로 첫째, 냄새가 없고, 둘째, 피부에 묻어도 해가 없고, 셋째, 먹어도 이상이 없는 안전제품입니다. 초강력 접착제로서 못 붙이는 게 없습니다."

장사꾼의 열변에도 사람들은 아무도 관심을 나타내지 않았다.

"빵꾸 난 양은 냄비, 깨진 플라스틱 바가지, 부러진 나무 식탁 다리, 찢어진 고무 다라, 조각난 유리병, 심지어 갈라진 돌멩이나 이렇게 물에 젖은 천까지 죄다 붙입니다. 그냥 이걸 이렇게 살짝 발라서 슬쩍 붙이면 끝입니다. 백두급 장사 두 명이 아무리 잡아당겨도 절대 찢어지지 않습니다. 이것이 단돈 천 원입니다. 그런데 오늘은 특별히 한 개를 더 드려서 두 개, 이렇게 두 개에 천 원 한 장만 받겠습니다."

나는 입가에 비웃음을 띠고 장사꾼의 말을 흘려들었다. 그러면서 가능한 앞으로는 전철을 타지 말아야지 생각했다.

집으로 들어갔다. 아버지는 거실에, 엄마는 주방에 각기 따로 앉아 있었다. 굳은 표정의 엄마가 내게 한 번 눈길을 주었다. 신발을 벗고 거실로 올라섰다. 나를 쳐다보는 아버지의 눈빛이 싸늘했다.

"왜 이렇게 일찍 온 거냐?"

말투도 곱지 않았다.

"예! 저, 과외 선생님이 편찮으셔서 오늘 과외 지도를 못 하신다고……."

주눅이 들어 말꼬리를 흐렸다.

"선생이 편찮아? 정말이야?"

"예, 정말입니다."

"확실하지?"

정말이라고 대답했는데 아버지는 다시 확인 질문을 했다. 예감이 좋지 않았다.

"예? 예, 확실, 합니다."

"이놈이 이거, 거짓말을 다 하고. 여기 무릎 꿇고 앉아!"

아버지의 호통에 거실 샹들리에가 흔들거렸다. 책가방을 내려놓고 주춤주춤 다가가 소파 옆에 무릎을 꿇었다.

"너, 이건 뭐야? 아까 과외 선생한테 문자가 왔어!"

아버지가 탁자 위에 놓인 내 휴대폰을 가리켰다. 중간고사 보기 전에 아버지한테 맡긴 것이었다.

"봐 봐!"

조심스레 문자 확인을 했다. 오 마이 갓! 나는 두 눈을 질끈 감았다. 등골이 오싹해지며 이마에서 식은땀이 흘렀다.

'지도교수 호출이 있어서 급히 학교에 가 봐야 해! 다음 주에 보강해 줄 테니 오늘은 집에서 쉬어! 부모님께 잘 말씀드리고.'

전송 시간으로 보아 내가 버스 정류장 벤치에 앉아 있을 때 보낸 문자였다.

"이놈이 이거 하고 다니는 짓이 수상하다 했더니. 사실대로 말 못해?"

또 한 차례 샹들리에가 흔들렸다.

피할 방법이 없었다. 그동안에 있었던 일을 다 털어놓았다. 수업 준비 상황, 수업 방식, 태도, 그간 종종 빼먹은 것 등등.

"뭐라고? 그놈, 혹시 사기꾼 아냐?"

아버지가 주방 쪽으로 고개를 휙 돌렸다. 눈을 가늘게 뜨고 주방에 서 있는 엄마를 노려보았다.

"당신, 이리 와 봐!"

엄마가 불안한 표정으로 다가왔다. 내가 집에 들어오기 전에 무슨 일이 있었는지 기가 팍 죽은 모습이었다.

"그 과외 선생 신원 조회 해 봤어? 서울대 대학원생 맞아?"

마치 대역 죄인을 취조하는 듯한 말투였고 태도였다.

"그게 저, 소개해 준 사람이 실력이 있는 확실한 사람이라고 해서…….'

"뭐야? 그래서 확인을 안 했단 말이야?"

"다른 엄마들도 이력서를 보더니 믿을 수 있는 사람 같다고 그러기에…….'

"저저저저, 저런 사람이 어떻게 우체국 공무원을 해 먹나 모르겠네, 응? 거긴 다 당신 같은 사람들만 모인 거 아냐? 쯧! 쯧! 아니? 이력서에 써 있다고 다 믿어? 요즘 세상이 어떤 세상인데?"

엄마는 입술을 굳게 다물고 아무 대답도 없었다. 뭐라 한마디 말대꾸를 할 법도 한데 그러지 않았다. 아버지는 지방대 출신이 어쩌고저쩌고 하며 계속 엄마를 추궁했다. 화가 머리 꼭대기까지 차올라 지나칠 만큼 엄마를 무시했다.

"어서 신원을 알아봐! 빨리!"

아버지의 고함에 엄마는 한숨을 길게 한 번 내쉬었다. 그런 뒤 가만히 거실 전화기를 집어 들었다.

"너는 네 방에 들어가서 공부해!"

나는 아버지의 눈치를 보며 살금살금 내 방으로 들어갔다. 가슴 속 한편에서 무언가가 끓어올랐다. 중3 때 내가 특목고에 갈 실력이 안 된다는 걸 안 날부터 나를 대하는 아버지의 눈빛이 한층 더 싸늘해졌다. 말투도 더 거칠어지고. 그것을 나는 감지할 수 있었다. 사람은 느낌이라는 게 있으니까. 책가방을 침대 위로 휙 집어던졌다. 무게가 꽤 나가는 책가방이 침대 위에서 몇 차례 출렁거렸다.

언제부턴지 엄마도 나를 그리 살갑게 대하지 않았다. 아버지 때문에 스트레스가 많이 쌓여서 그런 건지, 내가 아버지 외모를 너무 많이 닮아서 그런 건지, 알 수는 없었다. 솔직히 나도 엄마를 그다지 좋아하지 않았다. 내 가슴속에는 속셈 학원, 미술 학원, 피아노 학원, 바둑 학원, 한문서예 학원, 영어회화 학원, 태권도 학원 등등에 대한 기억이 껄끄러운 감정으로 남아 있었다.

옷을 갈아입고 책상에 앉았다. 수학 교재를 펼쳤으나 공부가 되지 않았다. 자꾸 거실 쪽에 신경이 쓰였다. 엄마가 여기저기 전화로 확인하는 소리가 들렸다.

"그래요. 한번 자세히 알아보고 전화 좀 주세요. 늦어도 상관없어요. 기다리고 있을게요."

그 말을 끝으로 거실은 잠잠해졌다.

나는 교재를 펼쳐 둔 채 일어나 창가로 갔다. 한강이 내려다보였다. 도로를 달리는 차량들과 강변 아파트들의 불빛이 고스란히 강물에 비쳐져 마치 불꽃놀이를 하는 것 같았다. 아름다운 광경이었다. 그 광경을 한참 내려다보다 침대로 가 벌렁 누웠다. 좀 쉬었다가 새벽에 일어나 다시 수학 교재를 살펴볼 생각이었다.

"그 과외 선생, 그동안의 행동을 살펴보면 정말 사기꾼 같기도 해!"

함께 그룹지도를 받는 다른 학교 학생이 지지난 주에 과외 선생에게 질문을 한 적이 있었다. 삼각함수에 관한 문제였다. 그때 그는 계속 대답을 회피하며 정신을 집중해서 다시 풀어 보라는 말만 반복했다. 그러더니 배가 아프다며 서둘러 수업을 끝마쳤다.

"그때도 좀 수상했고……."

침대에 누우니 솔솔 잠이 몰려들었다. 시간은 아직 열 시도 안 됐는데 자꾸 눈이 감겼다. 커피를 진하게 한 잔 타 마실까 하다가 그만두었다. 집안 분위기상 주방으로 나가기가 꺼려졌다. 눈을 감고 친구들의 얼굴을 차례차례 떠올려 보았다. 말수는 적어도 좋은 라이벌인 육인혁, 언제나 듬직하고 믿음이 가는 현우람, 새침데기지만 귀염성이 있는 임서진. 그리고 끝으로 채문지의 얼굴을 떠올렸다. 도무지 깊이를 알 수 없는 눈빛, 맑았다 흐렸다 변화가 심한 감정의 기복, 이해하기 어려운 아이였다. 그리고 그 애에 대한 나의 마음 역시 이해가 잘 되지 않았다. 문지를 생각하면 마치 고난도의 수학 문제를 대하고 있는 기분이었다. 갑갑했다. 하지만 자꾸 그 애가 생각났다.

"아! 은표, 너 대체 뭐야? 나한테 왜 그러는 거야?"

비 맞은 시주승인 양 나는 혼자 중얼거리다 잠이 들었다.

눈을 번쩍 떴다. 방 밖에서 고함치는 소리가 들려왔기 때문이었다. 잠결에 들었는데도 상당히 큰 소리였다. 시계를 보았다. 새벽 한시가 조금 넘어 있었다. 이런저런 생각을 하다가 깜박 잠이 들었었는데 어느새 세 시간이나 잠을 잔 것이었다. 가만히 일어나 방문으로 다가갔다. 밖에 귀를 기울였다. 별다른 소리가 들리지 않았다.

"분명히 뭔 소리가 들렸는데?"

조심스레 방문을 열었다. 거실에 불이 꺼져 있었다. 하지만 주방쪽이 환했다. 밖으로 나가 고양이 걸음으로 주방을 향해 다가갔다. 한 발, 두 발, 세 발⋯⋯. 양주진열장 옆에 바짝 붙었다. 고개를 살짝 내밀어서 주방을 살폈다. 식탁 의자에 아버지와 엄마가 마주 보고 앉아 있었다. 아버지는 더욱 화가 난 표정이었고, 엄마는 더욱 주눅이 들어 고개를 푹 숙인 자세였다. 식탁 위 카라 꽃병 옆에는 거실 전화기가 놓여 있었다. 방금 전화를 받은 것 같았다.

"하는 짓이 꼭⋯⋯. 어쩔 거야, 이제?"

아버지의 다그침에 엄마는 아무 대답도 하지 못했다.

"어쩔 거냐고?"

"……!"

엄마가 입술에 침을 발랐다.

"당신 바보 아냐, 응? 그렇게 머리가 안 돌아가?"

"제 실수였어요!"

"실수? 그게 실수야?"

아버지의 목소리가 한층 더 높아졌다.

"뭐 하나 제대로 하지 못하는 지질한 것들이 꼭 실수라고 핑계를 대지."

엄마가 고개를 치켜들었다. 그러고는 아버지를 똑바로 쳐다보았다.

"내가 책임질 테니까, 그렇게 말하지 말아요."

"뭐, 책임? 어떻게?"

"지금 생각 중이에요!"

"생각 중이라고? 언제까지 생각할 거야?"

"몰라요!"

엄마가 짤막하게 대답했다. 목소리가 꽤 컸다. 표정도 싸늘했다. 엄마도 화가 난 게 확실했다. 아버지의 얼굴이 보기 흉하게 일그러졌다.

"당신, 이리 따라와 봐!"

아버지가 벌떡 일어나 엄마의 팔목을 잡아끌었다. 그 바람에 엄마의 다리가 식탁을 치면서 꽃병이 바닥으로 떨어져 버렸다. 파삭! 하는 파열음이 남과 동시에 꽃병은 산산조각이 나고 말았다. 그와 함께 카라 꽃들도 목이 꺾이거나 꽃잎이 찢어져 흩어졌다.

아버지는 엄마를 우악스레 끌고 안방으로 들어갔다. 곧 안방 문이 쾅! 닫혔다. 그리고 다투는 소리가 다시 이어졌다. 나는 또다시 고양이 걸음으로 살금살금 걸어 안방으로 다가갔다. 두 차례 주저하기는 했지만 걸음을 멈출 수가 없었다. 마치 강력한 자석에 끌려가는 조그마한 쇳조각이 된 느낌이었다. 조마조마한 심정으로 안방 문에 귀를 바짝 댔다.

"그런 바보 같은 짓을 해 놓고, 뭘 잘했다고 대드는 거야? 적반하장도 유분수지."

"대들기는 누가 대들어요?"

엄마가 따지고 들었다. 앙칼진 목소리였다.

"내가 책임진다고 했잖아요. 당신은 신경 꺼요!"

"뭐야? 신경을 꺼? 에잇!"

바로 거기서였다. 짝! 소리가 한 차례 크게 들렸다. 아버지가 엄마의 뺨을 때린 게 틀림없었다.

얼마간 침묵이 흘렀다. 그러다 갑자기 문이 벌컥 열렸다. 안방을 나오려는 엄마와 눈이 딱 마주쳤다. 엄마의 양쪽 눈에 눈물이 고여 있었다. 나는 아버지를 노려보았다. 아버지는 엄마의 뒤통수를 노려보고 있었다. 이글이글 타오르는 분노의 눈빛으로.

"왜 안 자고 나와 있어? 얼른 가서 자!"

엄마가 내 어깨를 밀었다. 그러고 나서 주방 옆에 붙은 작은방으로 들어갔다.

나는 더 이상 잠을 이룰 수가 없었다. 아버지가 엄마의 뺨을 때리던 그 소리가 계속해서 귓가에 들렸다. 불면증 앓는 노처녀라도 된 듯 밤새 뒤척였다.

"문제가 있어! 우리 집, 뭔가 큰 문제가 있긴 있어!"

아무도 몰래 어디론가 훌쩍 떠나 버리고 싶었다. 가능한 한 집에서 먼 곳으로.


중간고사 성적표가 발표되었다. 눈앞이 캄캄했다. 수학은 올랐는데, 전혀 예상하지 못했던 국어, 일반사회, 한국사, 도덕에서 각한 문제씩 네 문제나 틀린 것이었다. 수학의 두 문제까지 합하면 무려 여섯 문제나? 하늘이 노래졌다. 문제를 잘못 이해했나? 답안지 마킹을 잘못했나? 이런 중대 실수를 하다니? 어질어질, 현기증마저 일었다.

육인혁이 반 1등에 전교 3등, 반장이 반 2등에 전교 5등, 채문지가 반 3등에 전교 10등, 임서진은 반 9등에 전교 24등으로 세 단계나 떨어졌다. 그러나 놀랍게도 현우람은 반 8등에 전교 21등을 해 반 10등 이내로 진입하였다. 나는 반 4등에 전교 13등이었다. 입학 성적과 비교해 보면 반에서는 두 단계, 전교에서는 자그마치 7단계나 떨어진 것이었다. 치욕이었다. 수치였다. 도저히 믿어지지 않는 결과였다. 혈관이 다 터질 듯이 화가 났다. 화가 나서 미칠 것 같았다. 빠드득 이빨을 갈았다. 으스러져라 두 주먹을 움켜쥐었다.

"모은표, 예상 외로 너는 떨어졌어. 하지만 힘내. 다음에 잘 보면 되지 뭐!"

담임 된장항아리가 다가와 어깨를 툭툭 쳐 주었다. 더욱 화가 났다. 성질대로라면 가방 속의 책을 다 끄집어내 갈기갈기 찢어 버리고 싶었다. 입안에 구겨 넣고 질겅질겅 씹고 싶었다.

"모은표! 너, 나 좀 보고 가!"

종례를 마친 된장항아리가 교무실에 잠깐 들렀다 가라고 말했다. 그러나 나는 담임의 말을 무시하고 곧장 학교를 빠져나왔다. 참을 수 없는 울분으로 눈물이 주르륵 흘러내렸다. 주먹 쥔 손등으로 눈물을 훔치며 뛰듯이 걸었다. 아버지가 태우러 올 시간이 다 되었기에 한시라도 빨리 학교에서 멀어지고 싶었다.

"야, 은표야! 거기 잠깐 서 봐!"

"기다려, 은표야!"

친구들이 뒤쫓아 오며 큰 소리로 불렀다. 하지만 나는 뒤돌아보지 않았다. 오히려 걸음을 더욱 빠르게 했다.

"은표야, 나 좀 잠깐!"

임서진이 따라왔다. 나는 아주 전속력으로 내달리기 시작했다. 이 세상에서 벗어나기라도 하려는 듯 달리고 또 달렸다. 무거운 책가방도 아랑곳 않고 교통신호도 무시하고 무작정 달렸다.

"창피하고 쪽팔려서 어떻게 학교에 다니지? 아! 스발!"

혼자 중얼거리며 횡단보도를 건넌 나는 방향을 우측으로 틀었다. 그리고 걸음을 빨리해서 피시방을 찾았다. 태풍이라도 올라오는지 바람이 세차게 불었다. 인도에 떨어진 녹색 은행잎들이 어지러이 흩날렸다. 수백 마리의 새들이 일시에 날아오르는 것 같았다. 마치 집단적인 춤이라도 추는 듯했다. 바람이 멎자 공중에 떠돌던 은행잎들이 일제히 땅으로 내려와 앉았다. 내려와 앉아서도 작은 차량들이 지날 때마다 계속해서 퍼덕거렸다. 나는 인도에 깔린 은행잎을 꽉꽉 눌러 밟으며 부지런히 걸었다.

전철역 옆 피시방으로 올라갔다. 컴퓨터를 켜고 카페 난타방으로 들어갔다. 감옥에 갇혀 있는 놈들 중에서 아버지를 닮은 놈을 끌어내 공중에 높이 매달았다. 늘 하던 대로 웃옷을 찢어 맨몸의 상체가 그대로 드러나게 했다. 채찍을 골라 들었다. 그러고는 그 놈을 향해 마구 휘둘렀다. 얼굴, 몸통, 팔, 다리 할 것 없이 미친 듯이 채찍질을 해 댔다. 획득 점수가 자꾸자꾸 올라갔다.

온몸이 갈가리 찢겨진 그놈이 축 늘어졌다. 신음조차 내지 않았다. 전신이 온통 피범벅이었다. 점수는 258,000점. 전체 2위였다. 그놈을 끌어내려 바닥에 무릎을 꿇렸다. 채찍을 버리고 주먹과 다리를 선택했다.

"레프트 훅! 라이트 훅! 스트레이트!"

그놈이 주먹에 맞을 때마다 신음을 토해 냈다. 금세 눈두덩이 시퍼레지고 양쪽 볼도 복어 배처럼 부어올랐다. 멈추지 않고 발차기를 시도했다.

"앞차기! 돌려차기! 이단 옆차기!"

그놈의 코에서 코피가 주르륵 흘렀다. 돌려차기에 맞아 입안이 찢겨졌는지 입에서도 검붉은 피가 콸콸 쏟아져 나왔다.

"항복! 항복! 살려 줘! 살려 줘!"

얼굴이 온통 피투성이가 된 그놈이 살려 달라고 애원을 했다. 그러나 나는 최후의 일격을 가했다.

"어퍼컷이다. 에잇!"

"커억!"

그놈의 머리가 뒤로 꺾였다가 앞으로 축 늘어졌다. 그런 다음 일절 움직임이 없었다. 점수가 순식간에 493,000점으로 상승되었다. 전체 1위였다.

"크흐흐흐."

내 입에서 씁쓸한 웃음이 흘러나왔다.


우울한 마음으로 학교를 오갔다. 발걸음이 무거웠다. 날마다 집
채만 한 바윗덩어리를 메고 언덕길을 올라가는 시시포스의 걸음
이었다. 학교도 집도 아닌 먼 곳으로 떠나고 싶다는 생각이 또 들
었다. 내 얼굴은 콘크리트보다 더 딱딱하게 굳어 있어서 아무도 내
게 말을 걸지 않았다. 쉬는 시간에는 주로 책상에 엎드려 있었다.
모든 게 보기 싫었다. 나 자신조차도 싫었다.

그렇게 또 며칠이 지났다. 집에서 기어코 큰일이 터지고 말았다.
성적표가 집으로 배달된 것이었다. 아버지가 노발대발했다. 각오
는 하고 있었지만 정도가 심했다. 전전날 그룹과외 선생이 정말 사
기꾼이었음이 밝혀졌기에 아버지는 극도로 흥분한 상태였다. 석
사과정 중인 대학원생은커녕 시골 고등학교 졸업 학력에 사회 경
험이라고는 강남 입시학원의 학원차 운전기사로 2년 동안 일한 게
전부였다. 남의 명의를 도용해 5년 동안이나 가짜 대학원생 행세
를 했다는 것이었다. 하지만 우리도 불법 고액과외 교습을 받아 왔
기에 그를 사기죄로 고소하지도, 그동안 준 돈을 돌려받지도 못하
는 상황이었다. 게다가 그 가짜 선생은 어디론가 종적을 감추고 말
았다.

아버지가 성적표를 내 코앞에 들이대고 어지럽게 흔들었다.

"이걸 인마, 성적이라고 받은 거야, 응? 여태 이런 성적을 받은 사람은 우리 집안에 없었어. 우리 집안은⋯⋯."

또 집안 타령이었다.

"죄송합니다. 다음에 잘 볼게요."

"뭐? 다음? 중학교 때부터 계속 다음, 다음. 대체 언제까지 다음이야?"

"죄송합니다."

"지 에미를 닮아서 머리가 어째⋯⋯."

그 말을 하며 아버지는 주방에 있는 엄마를 쳐다보았다. 경멸이 가득한 눈빛이었다. 엄마가 입술을 깨물었다.

"그런 학교에 가서 반 1등도 못하는 주제에⋯⋯."

아버지가 스웨터 주머니에서 무언가를 꺼내 거실 탁자 위로 툭 던졌다. 내 휴대폰이었다.

"내가 친구 함부로 사귀지 말라고 그랬지? 쓸데없는 것들이랑 어울려 다니며 이런 짓거리나 하니까, 성적이 떨어지는 거 아냐?"

이런 짓거리라니? 나는 휴대폰 액정 화면을 내려다보며 머리를 굴렸다. 무슨 짓거리를 말하는 거지? 알 수가 없었다.

"어린 것들이 어른 흉내나 내고."

고개를 움직여 시선 각도를 달리했다. 액정 화면에 사진이 한 장

떠 있었다. 저번에 친구들이랑 자전거를 타고 하늘공원에 갔을 때 찍은 사진. 우정의 자물통에 이름을 새겨 넣은 뒤 쇠줄 로프에 걸어 놓고 기념삼아 찍었던 그 사진이었다. 괜히 저장해 놓았구나, 후회를 했지만 이미 엎질러진 물이었다.

"얘네 다 공부 잘하는 애들이에요."

"잘해? 잘해 봤자 얼마나 잘하겠어?"

"여기 육인혁이 얘가 이번에 반에서 1등을 했고요. 전교에서는 3등이에요. 집안도 좋아서 할아버지가 명일그룹 회장이고 아버지가 사장이에요."

인혁이네 거실에 걸려 있던 황금색 테두리 액자 속 할아버지들 사진을 머릿속에 그리며 설명을 했다.

"그, 그래?"

아버지의 화가 약간 누그러졌다. 표정도 부드럽게 바뀌었다. 하지만 잠깐뿐이었다.

"근데 너는 왜 1등을 못 하는 거야? 네가 그애보다 부족한 게 뭐가 있어? 그냥 공부만 하면 되잖아? 그게 뭐가 어려워? 한심한 놈! 네 방으로 들어가, 보기 싫어!"

아버지가 내 머리를 향해 성적표를 집어던졌다. 그러면서 방으로 들어가라고 소리를 질렀다. 공중에서 펄렁펄렁 날리다가 거실 바닥에 떨어진 성적표를 집어 들고 내 방으로 들어갔다. 전과 달리 책들이 제일 먼저 시야로 들어왔다. 사방에 가득한 책들. 대부분이 전집류들이었다. 에디슨, 간디, 처칠…… 세계위인전집. 원효, 왕건, 이순신…… 한국위인전집. 그리고 세계문학전집, 한국문학전집, 명작동화전집, 과학이야기전집. 공자, 맹자, 순자, 묵자, 노자, 장자, 한비자…… 동양철학전집. 심지어 카네기인생론전집과 칸트의 순수 이성 비판 어쩌고저쩌고 하는 서양철학전집도 있었다. 전부 아버지가 사 준 책들로 적게는 수십 권 많게는 200권이 넘는 것들이었다. 추리소설류 외에는 대충 훑어보기만 했을 뿐이었다. 방 안에 가득한 책들을 둘러보고 있으려니 담임 된장이 말해 준 분서갱유가 떠올랐다. 모조리 불태워 버리고 싶었다.

가뜩이나 냉랭한 집안(엄마가 아버지한테 뺨을 맞은 날 이후, 아버지와 엄마는 각방을 쓰고 서로 말도 하지 않았음)이 내 성적표 때문에 꽁꽁 얼어 버리고 말았다. 집안은 무덤 속인 양 고요하다 못해 적막했다. 후후! 헛웃음이 나왔다. 집에서 엄마, 아버지의 웃음소리를 들어 본 게 언제였던가? 기억나지 않았다. 사람은 평생 동안 웃는 시간이 88일이라는데, 8일이나 되는지 의심스러웠다.

날마다 엄마, 아버지의 관계는 더욱 멀어져 갔다. 두 사람 사이에 한강보다 더 넓은 강이 늘 흐르고 있었다. 히말라야 어느 빙하 계곡에 흐른다는 차갑고, 깊고, 검은색의 강이었다. 할 수만 있다면 초강력 접착제라도 사다가 엄마, 아버지를 붙여놓고 싶었다. 또 그와 동시에 더 멀리 떨어지게 하고 싶기도 했다. 하지만 그것은 내 능력 밖의 일이었다.

나는 전철을 타고 학교를 오갔다. 아버지 차보다 오히려 그게 훨씬 편했다. 가능한 한 학교에 오래 머물고 싶었다. 방과 후에 집으로 돌아가는 건 고역 중의 고역이었다. 집이 아니라 성능 좋은 초대형 냉장고로 들어가는 느낌. 냉장고 속에서도 냉동고로 기어들어가는 기분이었다. 집에서 나는 침대에 온몸이 언 채 누워 있는 한 마리 동태였다. 몸뿐만 아니라 정신마저도 얼어 버린 가엾은 물고기였다. 넓고 푸른 바다, 사방팔방으로 헤엄쳐 갈 수 있는 자유로운 바다가 그리웠다.

# 채문지와 지항구

날씨는 점점 더워졌다. 후덥지근한 화요일, 수업이 다 끝나고 터덜터덜 전철역으로 향했다. 엄마, 아버지의 냉전 때문에 집에서부터 착잡했던 기분이 영 풀리지 않았다. 가로수 밑에 멈춰 섰다. 집으로 가야 하나? 독서실로 가야 하나? 아니면 피시방으로 가야 하나? 딱히 갈 데가 없었다. 아! 영양가 높은 무균질 인간, 이 모은표가 갈 곳이 없구나! 차라리 아무도 없는 곳으로, 아무도 모르는 곳으로 홀쩍 떠나 버리고 싶다! 내가 생각해도 내 신세가 처량하기 그지없었다. 그렇다고 그 자리에 마냥 서 있을 수는 없었다. 다시 움직였다. 건너편 길로 다른 학교 남학생 두 명이 개폼을 잡고 껄렁껄렁 걸어갔다.

"흥! 나도 폼 잡을 줄 안다, 쨔샤!"

나는 뒷걸음도 치고, 옆걸음도 치고, 때론 앞걸음도 치며 불량스럽게 걸었다. 교복 상의 단추를 두 개 풀고, 우라지게 무거운 책가방을 벗어 한 손에 들고, 어깨에 힘도 넣어 보고, 침도 퉤퉤 뱉어 보았다. 일부러 뱁새눈을 뜨고 지나가는 여학생들을 꼬나보기도 했다. 이왕 버린 몸, 담배도 한 개비 물고 싶었으나 담배가 없었다.

그냥 곧장 2번 출입구로 들어가도 되는데 시간을 끌기 위해 길을 건넜다. 길을 건너 가장 멀리 있는 6번 출입구로 들어갈 생각이었다. 그쪽은 처음으로 걸어 보는 길이었다. 거리의 상가들이 하나둘 불을 켜기 시작했다. 간판을 차례차례 읽으면서 어슬렁어슬렁 걸었다.

"터프가위! 도날드떡! 놀랄 만두하군! 그놈이라면! 면사무소! 영계소문! 쏘주병 휘날리며! 잔BEER쑤? 추적 60병! 으흐흐흐!"

기발한 이름들이었다. 웃음이 절로 터졌다. 기분이 조금 풀어졌다.

"야, 은표야!"

6번 출입구로 막 들어가려는데, 좀 전에 건너온 반대편 길에서 누가 불렀다. 놀라 바라보니 육인혁과 현우람이었다.

"이리 건너와!"

"왜?"

"글쎄 빨리!"

"너네가 역으로 내려와!"

지하철역으로 내려가자 인혁이와 우람이가 헐레벌떡 뛰어왔다.

"은표 너, 휴대폰 안 가지고 다녀? 통화가 안 되던데?"

"나 휴대폰 없어. 아버지한테 뺏겼어!"

"아, 어쩐지! 같이 가자."

"어딜?"

뜬금없이 어딜 가자니? 황당하다는 표정으로 물었다.

"채문지가 기다려."

"채문지? 걔가 날 왜?"

관심 없는 척했다.

"할 얘기가 있대."

"할 얘기는 무슨 할 얘기? 가서 웃기고 자빠지세요, 라고 전해줘. 나, 바빠!"

과외도 쫑이 났고, 학원도 안 다니고, 갈 데도 없어 전혀 바쁘지 않았다. 하지만 급히 가야 할 곳이 있는 것처럼 휙 뒤돌아섰다.

"너한테만이 아니라 우리 모두에게 하고 싶은 이야기가 있나 봐."

"빨리 가자. 지금 저쪽 레스토랑에서 기다리고 있어."

현우람이 내 팔을 잡더니 세게 끌었다. 좀 버텼으나 힘으로는 우람이를 당해 낼 재간이 없었다. 못 이기는 척 끌려갔다.

분위기가 어색했다. 생전 처음 만나는 사람들처럼 쭈뼛거리면서 서로 눈치를 살폈다. 나는 채문지와 눈길을 마주치지 않으려고 애를 썼다. 문지도 마찬가지였다.

"너희 둘, 이제 그만 좀 화해해!"

"서진이 너도 참 웃기네. 화해? 우리가 언제 싸웠나?"

"은표야, 그렇게 삐딱하게 굴지 말고 네가 먼저 화해해! 넌 남자잖아?"

인혁이도 남자를 들먹이며 화해를 종용했다. 이것들이 작당 모의를 하고 나를 끌고 온 거로군! 인혁이를 잠시 노려보았다.

"아니야! 나, 화해를 하려고 나온 게 아니야. 사실 화해하고 말고 할 것도 없어!"

채문지가 입을 열었다. 우리는 모두 문지의 입에 시선을 모았다.

"내가 하고 싶은 얘기는……. 너희가 아주 큰 오해를 하고 있는 것 같아서, 반 애들도 그렇고. 그래서……."

"오해? 무슨 오해?"

현우람이 물었다. 채문지는 즉시 대답하지 않고 먼저 냉수로 목을 축였다. 그렇지! 오해라고 그러겠지. 그게 원래 정해진 순서니까. 나는 속으로 빈정대면서 문지의 다음 말을 기다렸다.

"저, 우리 담임선생님 있잖아? 박달구 선생님!"

다 아는 사실을 왜 꺼내는 거야? 여기 그 젠장항아리, 백갈매기, 홀라당 모르는 사람 있어? 의도가 더욱 수상했다. 채문지를 슬쩍 째려보았다. 어디, 변명 실컷 해 보시지! 이 구역질나는 계집애야.

어금니를 빠드득! 깨물었다.

"박달구 선생님이, 내 아버지야!"

"뭐? 뭐야? 아버지?"

내 입에서 대포 소리가 터져 나왔다. 눈을 너무 크게 떠서 눈알도 튀어나올 뻔했다.

"응! 아버지야. 미안해! 그동안 숨겨서. 아버지가 굳이 밝힐 필요가 없다고 그러셔 가지고."

꽝! 파샥! 내 머리통이 무쇠 망치에 맞아 바스러졌다. 아버지라니? 된장항아리가 채문지의 아버지였다니? 혀가 화강암보다 단단하게 굳어 나는 아무 말도 하지 못했다. 초강력 접착제로 붙인 듯입이 떨어지지 않았다. 임서진, 육인혁, 현우람도 그저 멍한 표정으로 채문지를 바라보고 있을 뿐, 입을 열지 못했다.

아버지? 된장항아리가 채문지의 아버지? 으허! 으허허! 헛웃음이 다 새어 나왔다. 정신을 수습하고 물었다.

"너랑 전혀 닮지 않았고, 게다가 성도 틀리잖아?"

문지와 된장은 전혀 닮지 않은 얼굴이었다. 눈을 까뒤집고 찾아봐도 닮은 구석이라고는 좁쌀만큼도 없었다. 무슨 소설 제목처럼 발가락이 닮았으면 몰라도. 아니, 이런 부녀지간도 있을 수 있나? 산업화에 따른 심각한 환경오염으로 유전 법칙마저 파괴된 게 틀림없었다.

"그래! 좀 더 솔직하게 말하면……, 외삼촌이야. 큰외삼촌."

"외삼촌? 친아버지가 아니고?"

"응! 나도 친아버지인 줄 알고 있었는데, 큰외삼촌이야!"

채문지는 침으로 간간이 입술을 축이면서 자기 집안 이야기를 털어놓았다.

"내가 두 살이었을 적에 큰외삼촌 차를 타고 가족 모두 피서를 갔었대. 저기 부산 해운대로. 큰외삼촌, 큰외숙모, 외사촌언니, 울 친아빠, 친엄마, 나, 그렇게 여섯 명이. 그런데 밤에 달맞이고개라는 언덕길에서 난폭 운전을 하며 내려오는 트럭을 급히 피하려다 낭떠러지로……."

문지의 양쪽 눈에 눈물이 고였다. 내 콧등이 시큰해졌다.

"그 사고로 울 친아빠하고 친엄마, 그리고 나보다 다섯 살 많은 외사촌언니가 그만……."

문지의 눈에 고여 있던 눈물이 또르르 굴러 무릎 위로 똑! 똑! 떨어졌다. 문지가 떠듬떠듬 뒷말을 이었다.

"그래서 나는 큰외숙모가 키워 주신 거야! 친엄마, 아빠 줄 알았었는데, 아니었던 거지. 큰외삼촌이 학기 초에 다 말해 주더라고. 너도 이제 고등학생이 되었으니까 사실을 알아야 한다고 그러시면서. 그래야지 나중에 아는 것보다 충격이 덜하고, 또 마음을 추스를 시간을 벌 수 있는 거라고. 그동안 아빠는 외사촌언니 생각이 나면 술 많이 드시고 몰래 부산에도 가곤 하셨던 것 같아. 그 사고로 이쪽 눈두덩에 큰 상처가 있고 얼굴 근육 일부도 마비가 되셨어. 그리고 원래는 뚱뚱한 체격이 아니었는데 그 이후로 술을 많이 드시고 폭식을 하시고……."

"그랬구나. 현실에서는 소설보다 더 소설 같은 일들이 종종 일어나나 봐. 내가 전에 살던 아파트에도 교통사고로 가족이 둘이나 한꺼번에 죽은 사람 있어. 그래서 그 정신적 충격으로 늘 멍한 상태로 지내. 넋이 나간 사람처럼."

임서진이 슬픔이 담긴 눈동자로 문지를 바라보았다. 나는 문지를 오해했던 것에 대해 너무 미안하고 죄스러워 얼굴을 들 수가 없었다. 고개가 꺾인 허수아비처럼 머리를 푹 숙이고 죽은 듯이 있었다. 물컵 속에 비쳐진 내 얼굴이 오그라들 대로 오그라들어 겨우 호두알만 했다.

6월 하순으로 들어서자 더위가 본격적으로 기승을 부려 댔다. 기말고사 대비를 하고는 있으나 학습 능률이 좀체 오르지 않았다. 다른 친구들도 마찬가지인 모양이었다. 나는 큰맘 먹고 친구들에게 한턱 쏘기로 했다. 문지를 오해했던 것에 대한 사죄의 뜻이었다.

"오늘은 내가 쏘는 거니까 따라와!"

"그냥 간단한 걸로 사. 학원 가야 돼!"

"나도 그래! 그리고 배도 안 고파."

"나는 과외가 두 군데나 있어서 멀리 못 가."

임서진, 현우람, 육인혁이 간단한 걸로 사라며 따라오길 거부했다.

"학원? 과외? 좀 늦게 가면 되지."

내 말에 육인혁이 고개를 세게 저으며 말했다.

"안 돼! 기말고사 준비도 해야 하고."

"그래? 그럼 저쪽으로 가자."

전철역 부근 고급 베이커리로 친구들을 데려갔다. 전에 지나다가 봐 둔 곳으로 학교에서 500미터쯤 떨어진 거리였다.

"팥빙수나 하나씩 먹자, 더운데."

"오! 팥빙수, 굿!"

채문지의 말에 모두 팥빙수로 통일을 했다.

"여기 팥빙수 특대로 다섯이오."

맛있는 저녁을 사려고 했는데 팥빙수를 먹게 되어 특대를 시켰다. 8000원이라는 가격에 걸맞게 팥빙수는 푸짐했다. 빙수 그릇하나가 냉면 그릇만큼 컸다.

"와우! 이거 2인분 아냐?"

"먹다가 빠져 죽겠다."

"독수리 오 형제, 팥빙수 먹다가 빙수 물에 익사하다. 신문에 나는 건 아니겠지?"

현우람의 너스레에 우리는 키득키득 웃으면서 빙수를 퍼먹었다.

나는 육인혁을 곁눈으로 힐끔거리면서 속으로 중얼거렸다. 두고 봐라. 이번 기말고사 때는 너를 꼭 따라잡고 1등 자리를 차지하고 말겠다. 다른 친구들도 기말고사가 신경이 쓰이는지 말이 별로 없었다.

"아저씨, 여기 전철역 부근 베이커리예요. 학교로 가지 말고 이쪽으로 오세요."

팥빙수를 반쯤 먹었을 때 육인혁과 임서진이 차례로 자기네 차 운전기사에게 픽업 장소를 알려 주었다. 그러고 나서 채 2분도 지나지 않아서였다.

"어머! 쟤, 쟤……."

채문지가 스푼으로 유리창 밖 인도를 가리켰다. 모두 그쪽으로 고개를 돌렸다.

"왜? 누구?"

"쟤, 항구 아니니? 지항구."

"어디?"

"저기 지하철 입구에 서 있는 애. 흰색 티에 청바지."

"맞다. 항구다."

문지가 밖으로 뛰어나갔다. 그러더니 항구를 데리고 들어왔다. 항구를 보기는 그가 수업 시간에 교실을 박차고 나간 지 한 달 20

일 만이었다. 우리는 항구가 자퇴를 했다기에 그동안 까맣게 잊고 있었다.

"여기 앉아. 앉아서 팥빙수 한 그릇 먹어."

항구가 자리에 앉자 분위기가 어색해졌다.

"너, 꽤 더운가 보구나. 땀 많이 흘리네."

나는 멀뚱멀뚱 문지가 하는 양을 바라보았다. 서진이가 팥빙수를 스푼으로 떠서 들고 말했다.

"지난달 중순에 나하고 은표하고 너네 집에 갔다 왔어!"

"우리 집에?"

항구가 놀란 눈으로 서진이와 나를 바라보았다. 눈빛이 곱지 않았다. 왜 갔었냐는 질문이 들어 있었다.

"그래! 갔더니 너는 없고 네 할아버지 혼자 계시더라."

"할아버지?"

"응! 팔하고 다리가 좀 불편하신……."

나는 항구 집에 있던 할아버지를 기억하며 서진이의 뒷말을 이었다.

"할아버지 아니야!"

"뭐? 그럼?"

"아버지야. 우리 아버지."

이번에는 내가 항구를 곱지 않은 눈으로 바라보았다.

"나이가 꽤 들어 보이시던데?"

"아니! 얼마 안 되셨어. 쉰셋이셔!"

그 말에 나는 피식 웃었다. 족히 예순다섯은 되어 보였었다.

"쉰셋이면 우리 아빠보다 두 살 많네. 우리 아빠가 항구 네 걱정 많이 했어!"

문지가 새로 나온 팥빙수를 항구 앞으로 밀어 주며 말했다.

"너네 아빠?"

"아참! 우리 아빠가 바로 우리 담임선생님이야."

"뭐어?"

항구의 인상이 불독처럼 찌그러졌다. 눈빛도 날카롭게 변해 섬뜩했다.

문지가 우리에게 했던 말을 대충 항구에게 들려주었다. 그래도 항구의 인상은 좀체 펴지지 않았다. 구겨진 인상 그대로 천천히 팥빙수를 퍼먹었다. 뭔가 깊이 생각하는 눈치였다. 그사이 임서진과 육인혁이 자기 집 차가 와서 가 버렸다. 그리고 현우람도 낼 보자 말하고는 학원으로 향했다. 졸지에 나는 문지, 항구와 남게 되었다. 나도 빨리 독서실로 가서 기말고사 대비를 하고 싶었다. 그러나 문지를 혼자 두고 갈 수는 없었다.

"네 아버지 말대로 너는 역사가 미리 정해진 대로 흐르는 거라고 생각하니?"

항구가 팥빙수를 퍼먹다 말고 문지에게 툭 던진 말이었다.

"뭐라고?"

문지가 되물었다. 무슨 말인지 이해가 안 된다는 표정이었다. 나 역시 이해가 되지 않았다.

"우리나라 역사가 과연 정의의 역사냐고?"

항구의 목소리가 높아졌다. 말투도 거칠었다. 다분히 시비조였다. 분위기가 급격히 냉각되어 서늘한 기운이 느껴졌다. 문지가 고개를 돌려 항구를 외면했다. 그런 자세로 입술을 앙다물고 항구의 말을 되씹는 표정을 지었다. 자식, 팥빙수나 퍼먹지 갑자기 웬 역사 정의? 저번에 수업 시간에 나가 버린 게 된장의 그 말 때문이었나? 된장이 그런 말을 한 것 같기도 했다. "돌아보면 역사는 다 필연적인 거야! 그렇게 저렇게 흐르도록 되어 있는 거라고. 에! 뭐, 부분 부분 얼룩이 지긴 했지만 우리나라 역사는 대체로 정의롭고 양호한 편이라고 할 수 있어!" 그런 말을 잠결에 들은 것 같았다. 된장은 그전에도 종종 그런 말을 했었다.

"수업 시간마다 그따위로 가르치고……."

"뭐? 그따위?"

문지가 발끈하며 고개를 돌려 항구를 쏘아봤다. 문지의 눈에서 싸늘한 빛이 뿜어졌다.

"말조심해! 우리 아빠 네 걱정 정말 많이 하셨어."

"내 걱정 하지 말고, 역사나 똑바로 가르치라고 해! 쥐뿔도 모르면서, 씨!"

"뭐야? 우리 아빠가 똑바로 안 가르친 게 뭐가 있어? 이게 정말⋯⋯."

문지의 얼굴이 표독스럽게 돌변했다. 여차하면 벌떡 일어나 팥빙수 그릇을 뒤집어엎을 태세였다. 화를 참지 못해 두 손을 부르르 떨고 있었다.

하지만 벌떡 일어난 사람은 문지가 아니었다. 지항구였다. 지항구가 스푼을 탁자에 집어던지고 벌떡 일어난 것이었다.

"앉아! 아직 얘기 안 끝났어!"

문지가 항구를 올려다보며 명령조로 말했다. 가시가 돋아 있는 목소리였다.

"너희 같은 애들이랑 할 얘기 없어. 해도 알아듣지도 못할 거고."

"뭐라고?"

크게 소리치며 문지가 일어났다. 나도 따라 일어났다.

"그게 무슨 말이야?"

"너네가 역사를 뭘 알아? 학교 선생이 줄줄 읽어 주는 것만 달달 외운다고 역사를 아는 거야?"

"그러는 너는? 너는 얼마나 잘 아는데? 어디 말해 봐. 말해 보라고."

문지가 손가락질을 하며 따져 물었다. 손가락으로 항구의 눈이라도 찌를 분위기였다.

내가 끼어들었다.

"야, 지항구! 듣고 보니 기분 더러운데. 쥐뿔도 모르는 건 너 아냐? 성적도 하위에서만 맴도는 놈이. 흥!"

"뭐 인마?"

항구가 내 멱살을 움켜잡았다. 나도 항구의 멱살을 마주 잡았다. 이래 보여도 나, 태권도 2단이야. 네놈이 나보다 나이가 한두 살 많고 키가 크다고(항구가 나보다 키가 3, 4센티미터 더 크고 덩치도 좀 컸음) 주먹까지 세냐? 주먹 세기는 키나 덩치에 비례하는 게 아니지! 그렇게 속말을 중얼거리며 항구를 노려보았다. 좀 떨리기는 했으나 문지 앞이라 물러설 수는 없었다. 서로 눈도 깜박이지 않고 노려보기를 2분여.

"학생들, 여기서 싸우면 안 돼. 나가! 싸우려면 나가서 싸워."

일촉즉발의 순간, 매장 매니저가 달려오는 바람에 항구와 나는 잡고 있던 멱살을 놓았다.

"퉤! 한심한 것들!"

문지와 나를 번갈아 노려보던 항구가 바닥에 침을 뱉었다. 그에 이어 한심한 것들! 이라는 욕까지 내뱉었다. 그러고는 휙 뒤돌아서 가게 밖으로 나갔다.

"야, 지항구! 거기 서, 새끼야!"

얼른 뒤쫓아나가 항구의 팔을 낚아챘다. 문지도 따라 나와 항구의 앞을 가로막았다.

"이 새끼, 비겁하게 어딜 도망가?"

"흥! 도망?"

"도망이 아니면 뭐야? 한심한 것들이라니? 얼른 사과해!"

주먹을 움켜쥐고 녀석의 턱을 노려보았다. 사과를 하지 않으면 그대로 후려갈길 생각이었다. 항구가 경멸스럽다는 눈빛으로 나를 맞바라보았다. 슬쩍 눈동자를 돌려 문지를 보기도 했다. 문지를 바라보는 항구의 눈빛에는 경멸을 넘어 살기까지 번득였다. 그런 그의 눈빛에 문지는 흠칫 놀라 뒤로 한 걸음 물러섰다.

"네가 박달구 딸이라고?"

내 손을 뿌리친 항구가 문지에게 물었다.

"그래. 그게 뭐 어때서?"

"야, 왜 문지를 걸고넘어지려고 하는 거야? 남자새끼가 쩨쩨하게. 나랑 상대해, 새꺄!"

다시 항구의 팔을 붙잡았다.

"뭐? 쩨쩨? 으허허! 이 자식, 이거 여자 앞이라고 겁대가리가 없네."

항구가 주먹을 쥐고 눈에 힘을 주었다. 펀치를 날릴 자세였다. 행인들이 하나둘 몰려들었다. 불량학생이 거리에서 행패를 부린다느니, 여학생을 가운데 놓고 둘이서 싸움을 한다느니, 하며 수군거렸다. 고개를 절레절레 흔들거나 혀를 끌끌 차며 지나가기도 했다.

"은표 너, 까불지 말고 조심해, 인마!"

그 말을 남기고 항구는 또 몸을 돌려 성큼성큼 걸어갔다. 까불지 말라니? 자존심이 상했다. 엿 같은 기분이었다.

"야! 너, 거기 못 서?"

크게 소리쳤다.

"따라간다. 잡히면 죽는다, 너!"

"그래! 따라와 봐, 인마!"

항구가 뒤돌아서서 히죽이 웃었다. 가소롭다는 의미가 담긴 비웃음이었다.

"저 새끼가? 따라오라면 내가 겁먹고 못 따라갈 줄 알았어, 자식아? 가 보자, 문지야!"

# 회오리 속으로

지항구는 종로3가역에 내려서 탑골공원 옆길로 들어갔다. 걷다가 멈췄다가를 반복하며 망설이는 태도를 취하기도 했다. 그러더니 다시 좁은 골목길을 수도 없이 꺾어 돌아 어느 허름한 3층 건물 앞에 섰다. 나는 서울 한복판에 그렇게 좁은 골목이 그렇게 복잡하게 얽혀 있는 것은 처음 보았다. 항구네 집이 있는 언덕동네 골목길보다 더 복잡하게 얽히고설킨 골목이었다. 건물은 허름하다 못해 외벽에 칠한 페인트가 반 넘게 벗겨지고 곳곳에 금도 나 있었다. 항구네 집에 걸려 있던 액자와 비슷했다. 말이 3층이지 크기도 작고 폭도 좁아 자투리땅에 억지로 세운 건물이 분명했다. 1층 유리창엔 '곰표장갑'이라는 글씨가 선팅 되어 있었다. 그러나 2, 3층 유리창에는 글자 한 자 없이 하늘색 선팅만 되어 있었다.

"따라 들어와!"

화가 덜 풀렸는지 항구는 계속 명령 투였다. 기분이 상했으나 거기까지 간 이상 못 들어갈 것도 없었다.

문지와 나는 항구 뒤를 따라 건물로 들어갔다. 1층에서 재봉틀 소리가 들렸다. 문틈으로 힐끔 보았다. 좁은 공간에 재봉틀 두 대가 바쁘게 움직이고 있었다. 작업용 면장갑이 수북이 쌓여 높이가 천장에 닿았다. 민지와 나는 항구가 2층으로 오르겠거니 생각했다. 하지만 아니었다.

"여기, 이쪽이야."

항구가 지하층을 가리켰다. 그러더니 삐걱거리는 나무 계단을 밟고 아래로 내려갔다. 의아해하며 우리도 항구를 따랐다. 좁고 가파른 나무 계단을 여덟 개쯤 밟자 바닥이었다. 항구가 열려진 문 앞에 서서 안으로 들어가라 손짓을 했다. 주춤주춤 안으로 걸음을 옮겼다. 퀴퀴한 곰팡이 냄새가 먼저 코를 찔렀다. 그리고 가운데 원탁에 앉아 있는 노인 세 명이 눈에 띄었다. 몸이 호리호리하고 백발이 성성한 고령의 노인들이었다. 그러나 눈빛은 날카로웠다. 모두 일흔 살은 넘어 보였다.

"할아버지, 제 친구 두 명 데려와 봤어요. 너희, 인사드려!"

"아, 안녕하세요."

"안녕하세요."

내키지 않는 인사를 했다. 할아버지들이 잠시 당황하는 기색을 보였다. 하지만 곧 우리를 반갑게 맞았다.

"오! 그래, 그래! 잘 왔다."

"어이구! 이렇게 젊은 친구들이 여길 다 오고."

"저리 가서 편히 앉아라."

귀퉁이가 터진 소파에 앉아 방 안을 살폈다. 다섯 평이 채 안 되는 공간이었다. 30촉짜리 흐릿한 백열전구를 켜 놓았으나 어둠침침했다. 게다가 창문이 없어 답답하고 후텁지근했다. 마치 영화 속에서 본 경찰서의 범인 취조실 같았다. 나는 녹슨 철제 책상 뒤쪽 벽에 시선을 꽂았다. 사진이었다. 옛날 사진들이 벽면 전체에 도배되어 있었다. 족히 수백 장은 되어 보였다. 그리고 그 옆벽에는 사람 이름들이 빼곡히 적혀 있었다. 벽면 전체를 뒤덮은 사람 이름은 대략 수천 명은 됨직했다.

"덥지? 선풍기 좀 틀어 주마."

한 할아버지가 바닥에 놓인 선풍기를 틀었다. 구닥다리 선풍기가 덜덜거리며 힘겹게 돌았다. 금세 모터가 과열되어 시원한 바람은커녕 뜨거운 바람을 내뿜었다.

"항구 친구들이라고?"

"예? 예! 뭐, 그……."

지팡이를 잡고 있는(다른 할아버지 두 명도 지팡이를 옆에 세워 두고 있었음) 할아버지의 물음에 친구 사이는 아니라고 대답을 하려다가 그만두었다.

"여기는 원래 아무나 오는 곳이 아니야."

다소 책망하는 듯한 어감이었다. 그 말을 한 뒤 지팡이 할아버지는 항구와 우리를 번갈아 바라보았다.

"죄송합니다. 제가 너무 화가 나서 그만 앞뒤 생각 없이⋯⋯. 저는 말도 잘 못하고, 아는 것도 부족하고⋯⋯."

항구가 할아버지들에게 몇 번이나 고개를 숙였다.

"괜찮아. 항구 네가 믿을 수 있는 친구니까 데려왔겠지. 그렇지 않으면 설마 데리고 왔을라고."

중절모를 쓴 할아버지가 항구를 두둔하고 나섰다. 몸이 가장 약해 보이는 할아버지였다. 항구를 바라보는 할아버지의 눈빛에는 항구에 대한 믿음이 소복이 담겨 있었다.

"여기가 도대체 뭐하는 곳이에요? 저쪽 벽에 저것들은 다 뭐고요?"

내가 쭈뼛거리면서 물었다.

"저건⋯⋯."

문지와 나에 대해 여전히 경계심을 품고 있는 지팡이 할아버지가 말을 하려다가 멈췄다.

"항구야, 우릴 왜 이리 끌고 온 거야?"

나는 다시 항구에게 물었다. 그러나 항구는 대답하지 않았다.

"이왕 왔으니까 내가 말해 주마! 공부 아주 잘하게 생겼네. 하지만 학교 공부가 다는 아니야."

흰 턱수염 할아버지가 느릿느릿 얘기를 시작했다. 매우 엄숙한 표정이었고 목소리 또한 묵직했다.

"우리는 왜곡된 역사를 바로잡아 민족정기를 되살리자는 모임이야. 민족정기수호회라고 하지."

"민족정기수호회요?"

"약칭으로 '민정수'라고도 불러. 약관의 나이인 대학 1학년 때 결성했으니까 벌써 50년이 훌쩍 넘었네. 그런데 성과는 미미하고, 국민들 호응도는 높아지지 않고, 반면에 반대 세력은 더욱 강해지고, 잘못된 가치관은 날마다 고착화되어 가고, 하!"

턱수염 할아버지가 장탄식을 토했다.

중절모 할아버지가 뒷말을 받았다.

"저 벽에 붙어 있는 맨 위쪽 사진이 바로 을사오적이란다. 그 밑으로 죽 붙은 건 일제에 적극 협조를 했거나 동조를 했던 자들이고. 일제 때는 물론 해방 후에도 대대로 떵떵거리며 살았던 자들이지. 아직도 저자들의 자손들은 사회 각계각층에서 지도자로 행세하며 호위호식을 하고 있단다. 나라를 팔고 민족을 팔아 챙긴 자기 선조들의 막대한 부로 말이다."

"그걸로도 모자라 아주 악질적인 몇 놈은 드러내 놓고 우리에게 위협을 가하기도 했단다. 적반하장도 유분수지, 너무 어이가 없고 억울해서 그자들을 처단하려고 결성한 모임이지. 우리가 한창때는 그놈들도 주춤했어. 대신 여러 교묘하고 음흉한 방법으로 우리 목을 조여 왔지. 경제 활동을 못하게 앞길을 막아 놓은 뒤 거금으로 회유를 해 탈퇴를 시키고, 어려운 생활에 처해 있는 우리 단원을 돈을 주고 포섭해서 첩자를 만들고, 심지어는 우리 핵심 단원들을 살해하기까지 했지. 사고사를 위장해서 말이야."

지팡이 할아버지가 언성을 높였다.

"한때는 우리 단원이 200명이 넘었단다. 그런데 이제는 겨우 10여 명 될까 말까야. 그나마 먹고사는 일이 바빠 거의 활동을 안 하고 있지. 여기저기로 쫓기듯 옮겨 다니다 이제는 이곳 이런 지하실에 숨어서 지내는 처지가 되었단다. 조직이 완전 붕괴 직전이야. 후!"

그들은 잠시 쉰 후 주요 친일파들에 대해서 상세한 설명을 해 주었다. 충격적이었다. 학교에서는 전혀 배우지 않았던 내용이었다. 그들의 한마디 한마디가 내 가슴속으로 들어와 차곡차곡 쌓였다. 할아버지들의 해박한 역사 지식과 신중하고도 진지한 말투에 나도 모르게 연신 고개를 끄덕거렸다. 놀라움과 흥분으로 내 눈은 점점 커져 갔다. 고압 전류에 감전이 된 듯 온몸이 찌르르하더니 가슴이 심하게 두근거렸다.

"저 중에 혹시 아는 사람 있어? 가서 한번 살펴봐!"

일어나 벽으로 갔다. 사진을 차례차례 살폈다.

"아니요, 없습니다."

그러나 있었다. 틀림없이 아는 얼굴이었다. 이름도 똑같았다. 부끄러움과 수치스러움이 파도처럼 내 몸을 덮쳤다.

"이 문제에서 자유로운 사람은 별로 없을 거야. 한 다리 건너, 혹은 두세 다리 건너 다 연결되어 있지. 본인은 아니더라도 조상 중에, 또는 먼 친인척 중에 한두 명은 포함되어 있거든."

"요즘은 용기 있는 청년을 찾아보기 힘들어. 대부분 민족정기에 무관심하고. 어른들도 좋은 게 좋은 거라며 그냥 덮어 두자고 말들을 하고. 쯧! 쯧!"

"그런데 항구가 기특하게도 자기 아버지 뒤를 잇겠다며 작년에 입단을 했단다. 우리는 어려서 안 된다고 극구 말렸지. 그런데도 막무가내로……."

항구를 쳐다보았다. 항구는 굳은 얼굴로 묵묵히 듣고 있을 뿐이었다.

"항구 아버지가 고생 많이 했지. 종종 찾아가 봐야 하는데, 보다시피 우리는 거동이 불편해서 그 언덕길을 오를 수가 없단다. 그렇다고 경제적인 도움을 줄 형편도 못 되고. 이 지하실 월세 15만 원도 제때에 내지 못하고 있으니, 원! 익명으로 후원을 해 주던 사람들이 우리 조직이 축소되고 활동이 위축되는 걸 보고 크게 실망을 한 거야. 후원금이 예전 같지가 않아. 그게 다 그 홍일회 놈들의 치밀한 방해 공작 때문이야."

"항구 얘 아버지가 가장 유능한 단원이었는데 그만 그렇게, 쯧! 쯧! 몇 년 전에 한 번 가 보고는 여태 못 가 봤지. 나이가 많아 우리도 몸이 해마다 달라져. 여기 나오기도 쉬운 일이 아니야."

말없이 목례를 하고 우리는 그 지하실을 나왔다. 충격으로 나는 나무 계단을 비틀비틀 올랐다. 친척 고모할머니가 그 사진들에, 그 명단 속에 끼어 있다니? 정말 엄청난 충격이었다. 집채만 한 바윗덩어리에 머리가 깔린 느낌이었다. 고모할머니는 우리 집안의 가장 큰 자랑거리였고 아버지가 제일 먼저 내세워 말하던 분이었다. 나는 초등학교 1학년 때 아버지를 따라 장례식에 직접 참석까지 했다. 사회 유명인들이 구름처럼 몰려왔던 아주 성대한 장례식이었다. 그분은 예술원 원로회원이었고, 삼일운동 정신을 영구히 기리기 위해 제정되었다는 삼일문화상을 수상했다. 정부로부터는 금관문화훈장과 국민훈장모란장까지 받은 분이었다.

나는 충격에서 헤어나지 못해 전철 의자에 맥없이 앉아 있었다.

"항구야, 그럼 너네 아버지가 그래서 팔다리를……?"

"응! 10년이 넘게 놈을 추적해서 드디어 거주지를 알아내셨대. 그래서 밤에 정의봉(正義棒)을 가지고 들어갔대. 그랬더니 놈이 무릎을 꿇고 싹싹 빌더라는 거야. 자기가 민족과 역사 앞에 죽을죄를 지었다고 인정하면서 눈물까지 뚝뚝 흘리더래."

"그래서?"

"하지만 아버지는 놈의 교활함을 알고 있었기에 가차 없이 놈의 머리통을 내리쳤대. 가지고 간 정의봉으로 말이야. 그런데 놈의 와이프가 달려드는 바람에 빗맞았대. 그래서 다시 놈을 잡고 어둠 속에서 엎치락뒤치락 하는데 그 와이프가 고래고래 소리를 질러 건넌방에 있던 놈의 아들이 뛰어왔대."

문지의 질문에 항구는 자기 아버지 얘기를 차분히 털어놓았다.

"그 바람에 아버지는 현장에서 붙잡혀 죽도록 얻어맞은 뒤 경찰에 넘겨져, 계획적인 폭행치상 및 살인 미수죄로 2년 6개월 감옥에 있다가 나오셨어. 교도소에서 노역 중에 의심스런 사고를 당해 팔하고 다리가 그렇게 되신 거고. 출입구 문 위에 있는 시멘트 지붕 있잖아? 그게 갑자기 무너져서 밑에 깔리셨대. 치료도 제대로 받지 못하셨고."

"어머! 너네 그럼 아주 힘들게 살았겠구나."

"아버지가 옛날에 시내버스 운전을 좀 하셨는데……. 그 일 이후로 엄마가 고생 많으시지. 지하철에서 하루 종일 행상 일을 하셔. 누나는 부천 전자 공장 기숙사에 가 있고."

항구 목소리가 촉촉하게 젖어 있었다.

"나도 아버지가 왜 그렇게 되셨는지 재작년에야 알게 되었어.

우리 집이 왜 그렇게 가난하게 사는지도 알게 되었고. 나뿐만 아니라 이쪽 후손들은 거의 다 그렇게 살고 있다는 사실을 아니까 너무 화가 나더라고. 집안에 많이 배운 사람이 한 명도 없다고 아버지하고 엄마, 누나가 고등학교를 가라고 해 가긴 갔지만, 다니기 싫더라고. 특히 국사 선생인 네 아버지가 자꾸······."

거기서 항구는 입을 닫았다. 뭔가 뒷말이 더 있는 것 같은데 말하지 않았다. 문지도 미안한지 더 이상 묻지 않았다.

"얼마 전에는 집에 건장한 청년들이 들이닥쳐 혼자 누워 있는 아버지를 폭행하고 달아난 일이 발생했어. 가재도구도 다 때려 부셔 놓고서. 내가 수업 시간에 뛰쳐나오기 사흘 전에."

"어머! 누구야, 그 청년들이?"

"모르지. 아버지 말로는 용역을 받은 대학생들 같았대. 돈 받고 아무 일이나 알바를 하는 애들 말이야. 그전에도 몇 번 그런 일이 있어서 엄마가 무섭다고 또 이사를 가자고 하셨는데, 아버지가 죽어도 안 가신대. 놈들이 죽이든 살리든 이제 그 집에 있겠대. 그동안 이사를 수도 없이 다녔거든. 할아버지들한테 말했더니 대책을 마련해 보겠다고는 하시더라고."

항구가 먼저 내려 가버린 다음에도 문지는 침묵을 지켰다. 나도 입을 열지 않았다. 나는 내 속에 뜨거운 불덩어리가 형성되고 있음을 알아차렸다. 마치 수천, 수만 도의 마그마를 한 바가지 퍼마신 느낌이었다. 택시를 잡아 문지를 태워 보내고 가까운 피시방으로 들어갔다. 인터넷을 밤새 뒤져 그 할아버지들의 얘기와 항구의 말을 확인해 보았다. 모두 다 사실이었다. 속에 든 불덩어리가 더욱 거세게 타올랐다. 온몸이 재가 되어 버릴 듯 도무지 주체할 수가 없었다.

문지와 나는 매일 종로3가 그 지하실을 찾아갔다. 지항구와 함께였다. 이상하게도 발걸음이 저절로 그쪽을 향했다. 강력한 흡인력에 빨려 들어가는 느낌이었다. 그러나 싫지가 않았다. 할아버지들은 어느 날은 세 분, 어느 날은 두 분, 또 어느 날은 한 분만 있었다. 그들은 더욱 구체적이고 더욱 확실한 증거들을 제시하며 많은 이야기를 들려주었다.

"민정수 내에 또 다른 비밀 행동 조직이 있어. 비밀 조직이기에 우리도 얼굴을 잘 모른단다. 본명도 모르고 그저 암호명만 아는 정도였어. 몇몇 간부들만 알고 있었지. 하지만 간부들은 이미 고령으로, 병환으로 돌아가시고, 몇 분은 의문의 사고사를 당하시기도 하셨지."

"우리의 비밀 행동대에 대항하기 위해서 놈들은 흥일회라는 비 ●밀단체를 만들었는데, 거기 초대회장이 이무형이라는 놈이야. 놈은 만주에서 독립군 토벌대를 이끌었던 이조일의 손자지. 해방 후에는 자기 아버지 이용우를 도와 애국지사들에 대한 온갖 모함과 테러를 주도했던 아주 악명 높은 놈이지. 그놈은 검도가 4단으로 단검을 아주 잘 써. 지금은 그놈 아들이 그 회장직을 맡고 있다는 소문이야."

"자, 이게 그놈의 10여 년 전 사진이다. 잘 봐 둬! 이무형 이놈은 우리 민정수의 와해 공작을 펴 왔던 놈으로 악랄하고 간교하기가 견줄 데가 없어. 우리 간부들과 핵심 단원들의 살해를 직접 지시한 놈이라고."

중절모 할아버지가 검지로 사진을 콕콕 찍었다.

"그런데 항구 아버지가 이놈의 머리통을 내리친 사건으로 교도소에 들어가 있는 동안 감쪽같이 사라져 버렸어. 아무리 알아내려 애를 써도 행적이 오리무중이야. 재산도 여기저기 분할해 숨겨 놓고. 아마 성형수술을 해 얼굴을 바꾼 뒤 가명으로 해외로 밀항을 한 모양이야. 정부 고위층이 뒤를 봐 줘서 캐나다로 합법적인 이민을 갔다는 설도 있고."

"그렇지는 않아! 그렇게 쉽게 도망갈 놈이 아니야. 암암리에 이놈을 도와주는 자들이 얼마나 많아? 재산도 어마어마하고. 더욱이 저번에 항구 아버지가 낯선 청년들에게 폭행을 당했잖아? 그런 걸 보면 녀석이 국내 어딘가에 숨어 있다는 증거야. 세상이 잠잠해지니까 이놈이 다시 활동을 시작한 거라고. 이거 큰일이야. 놈에게 대항할 힘이 없으니. 내가 단 3년만 젊었어도 이 녀석을 찾아내 단박에 명줄을 끊는 건데. 에잇!"

지팡이 할아버지가 탁자를 내리쳤다. 항구가 이빨을 가는 소리가 들렸다.

"수시로 독도가 자기들 땅이라고 망언을 해 대고 매년 야스쿠니 신사에서 일본 만세를 외치는 일본 극우 단체 신풍회가 있지. 악명 높은 범죄 집단 야쿠자와도 연계가 돼 있는 거대 조직이야. 그 신풍회와 흥일회가 밀접한 관계가 있는 게 확실해. 우리 재일 교포 단원의 정보에 의하면 지지난 번에 일본 우익 의원 세 명이 독도를 방문하겠다고 우리나라에 입국을 한 것도 신풍회의 꼼수였대. 세계적으로 이목을 끌어 보려는. 그리고 수년 전 숭례문 방화 사건의 범인이 신풍회의 사주를 받은 흥일회 회원이라는 얘기도 나돌고 있어. 놈들이 우리 민족의 정기를 또 한 번 끊어 놓으려는 의도가 틀림없어. 각별히 경계를 해야 하건만······."

무거운 침묵이 한참 동안 흘렀다. 위층에서 들려오는 재봉틀 소리만 좁은 공간으로 계속 흘러들었다. 유난히 덥고 어두운 밤이었다.


"문지, 너, 아버지한테 말했어?"

"뭐? 종로 거기 가는 거?"

"응!"

"말 안 했어. 학원에 가는 줄 아시지. 하지만 항구 얘기는 조금씩 했어. 항구네 집안 얘기도 하고."

전철에서 내려 헤어지기 전에 나는 문지에게 물었다.

"그래? 뭐라고 하셔?"

"인정하시더라. 그쪽에서 일했던 후손들이 다들 그렇게 어렵게 살고 있다고. 제대로 대접을 받기는커녕 멸시와 무시를 당하며 대대로 가난 속에서 살고 있다고."

"그래? 그렇게 알고 있으면서 수업 시간엔……."

"아버지도 자괴감을 느끼고 있는 것 같은 눈치셨어."

사실이었다. 된장의 눈빛에서 나는 그것을 감지하고 있었다. 그래서 그런지 된장은 전과 달리 수업 시간에 아, 대한민국! 역사의 흐름, 정의가 어쩌고저쩌고 하는 말을 하지 않았다.

"아무튼 항구 걔 우리가 생각했던 것과 많이 달라. 신념도 확고하고 생각도 깊어. 믿음이 가는 녀석이야. 왠지 자꾸 도와주고 싶어!"

"나도 그래!"

문지와 나는 육인혁, 임서진, 현우람에게 항구와 그 할아버지들에게 들었던 이야기를 전해 주었다. 종로 지하실 벽에는 육인혁네 집 거실 액자 속 인물도 있었다. 그렇지만 그 사실은 말하지 않았다.

"그게 뭐 어떻다는 거야?"

"이미 지나간 일을 왜 그렇게 따진대, 그 할아버지들은?"

"야, 그런데 신경 쓰지 말고 공부나 열심히 해!"

그들은 별 관심이 없었다. 오로지 기말고사 준비에만 정신을 집중하고 있었다. 특히 임서진은 내가 채문지와 어울려 다닌다는 것을 눈치채고 알은체도 하지 않았다. 나는 그러려니 했다. 그리고 마음속에서 끓어오르는 불덩어리를 눌러두고 평상시처럼 행동했다(임서진과 육인혁, 다른 몇몇 아이들의 말로는 내 행동이 촐랑거리며 가볍고 장난스럽다고 했음). 개인 일과표를 다시 짜 기말고사 대비에 시간을 좀 더 할애했다. 잠을 세 시간으로 줄이기로 마음먹은 것이었다.

7월 21일 금요일이었다. 기말고사를 불과 사흘 남겨 놓은 날이었다. 지항구로부터 연락이 온 것은 밤 10시가 넘어서였다. 독서실에서 수학 문제를 풀고 있을 때였다. 나는 즉시 문지에게 전화를 걸었다(나는 며칠 전 아버지 서재에 몰래 들어가 책상 서랍에서 내 휴대폰을 꺼내 가지고 나왔음). 그러고는 항구가 들려준 계획을 알려 주었다.

"은표 너는 어떡할 건데?"

"나? 나는…… 가야지!"

"그래? 그럼 나도 갈게!"

"좋아! 비밀이 새어 나가면 절대 안 되니까 학교에서는 입 꾹 다물고, 내일 밤에 용산역에서 보자."

문지가 알았다고 대답한 뒤 전화를 끊었다.

나는 다시 책을 펼쳤다. 하지만 공부가 되지 않았다.

"아이 씨! 괜히 약속한 거 아니야? 거기가 어딘 줄 알고 가? 기말고사가 코앞인데? 괜히 간다고 했는데, 그냥 빠져?"

갈 수도 없고, 안 갈 수도 없고. 한문 선생이 말해 준 진퇴양난, 진퇴유곡이었다. 턱을 괴고 혼자서 자문자답을 하며 아까운 시간만 낭비했다.

"항구를 생각하면 가야 하고, 기말고사를 생각하면 가서는 안 되고."

갈까? 말까? 가! 가지 마! 가야 돼! 안 가도 돼! 가야 된다니까! 안 가도 된다고! 나는 내 안에 들어 있는 또 다른 나와 치고, 박고, 할퀴고, 깨물고, 꼬집어 비틀면서 싸우고 또 싸웠다. 싸우다 지쳐 두 손으로 머리카락을 움켜잡고 쥐어뜯었다. 밤새 그렇게 했더니 빠져나온 머리카락이 두 손 가득이었다.

다음날, 정규 수업을 마치고 교무실로 갔다. 담임 된장이 굳은 얼굴로 자리에 앉아 있었다.

"저, 선생님! 내일 집에 일이 있어서 학교 못 나올 것 같아요."

"무슨 일?"

된장이 아주 건조한 목소리로 물었다. 나를 올려다보는 눈빛이 서늘했다.

"아버지가 많이 편찮으셔서 병원에 입원…….."

"뭐? 아버지가 아파? 아버지가 왜 아파?"

왜라니? 아픈 것도 이유가 있나? 별 해괴망측한 질문도 다 하는 군! 생각하며 나는 몹시 떫은 표정으로 된장을 내려다보았다.

"왜 아프냐고?"

"예? 저, 그냥 저, 어제 큰 병원에 입원하셨어요."

"그래? 아버지 전화번호 대 봐!"

된장이 소리를 꽥 질렀다. 돼지가 죽을 때 마지막으로 내지른다 는 바로 그 단말마 소리였다.

"저, 저희 아버지는 말을 못하시는데요."

나는 된장의 고함에 간이 떨어져서 얼떨결에 그렇게 말하고 말 았다.

"말을 못하셔? 농아야 그럼?"

"아니요. 그게 아니라 목이 아프셔서. 후두암 3기시거든요."

전혀 알지도 못하는 후두암 3기라는 말이 내 입에서 기어 나왔다. 내 의지와는 아무 상관없이 제가 알아서 기어 나온 것이었다. 내가 내 언어를 통제할 수 없는 경우도 있다니? 믿어지지가 않았다.

"그럼, 엄마 전화번호 대 봐!"

"저, 엄마도 말을 못…….."

'못'에서 아차! 실수를 인식하고 입을 급히 닫았다. 된장의 굵고 길쭉한 눈썹이 송충이처럼 꿈틀거렸다.

"너네 엄마 아버지는 시리즈 듀엣으로 후두암 3기냐? 아주 금슬이 찰떡 본드금슬이다. 아크용접을 한 것보다 더 찐득하게 붙으셨네."

나는 꿀 먹은 벙어리가 되어 버렸다. 내 주둥이를 마구 잡아 뜯고 싶은 심정이었다.

"너 자식아! 지난번 중간고사 성적 뚝 떨어졌잖아? 그걸 만회하려면 죽기 살기로 분발해야지. 성적이란 한번 떨어지면 따라잡기가 보통 어려운 게 아니야! 다른 아이들이 너 따라오라고 제자리걸음하고 있겠니? 그런데 결석이 말이 된다고 생각하니? 말 안 되잖아? 그렇지?"

침을 꿀꺽 삼켰다. 사약이라도 삼킨 듯 침 맛이 완전 소태맛이었다.

"까놓고 말해서, 인문계 고등학생은 100미터 달리기 선수랑 똑같아! 잠시도 한눈팔 시간이 없다고. 0.01점 차로 등수가 바뀌고 등급이 달라지는 판이 바로 이 입시판이야. 안 그래? 내 말 맞잖아?"

구구절절 옳은 말이었다. 고개를 크게 끄덕였다.

"이제 곧 2학기가 되는데. 그러면 100미터 중 30미터를 달렸다고 봐야 해! 가속도를 붙여야 할 때라고. 선수는 후반부로 갈수록 젖 먹던 힘까지 발휘해야 하는 거잖아? 알아?"

또 고개를 끄덕였다.

"아는 놈이 잔머리를 굴려서 사이드 스텝을 밟아? 네가 연평도 꽃게야, 인마?"

"……!"

나는 유구무언인 상황에 빠져 묵묵부답이었다. 뭐라 대꾸할 말이 내 머릿속에 존재하질 않았다. 언어중추에 심각한 이상이 생긴 듯했다.

"내가 좀 유식한 말 한마디 할까?"

"……!"

유식? 어디 한번 해 보삼! 속으로 콧방귀를 내쏘았다.

"축녹자 불고토(逐鹿者 不顧兎)! 즉, 사슴을 쫓는 자는 토끼를 돌아보지 않는다, 이 말이야. 뜻을 음미하면서 어서 가 봐. 죽기 전에 결석은 안 돼!"

'축녹자 불고토', 초딩 때 한문 학원에서 배운 것이었다. 그렇지만 무엇이 사슴이고 무엇이 토끼인지 헷갈렸다.


밤에 몇 번이나 망설이다가 용산역으로 갔다. 사실을 안 이상 내양심을 저버릴 수가 없었다. 약속 시간이 되려면 아직 20분 정도 남아 있었다.

"어?"

항구도 문지도 보이지 않았다. 아무리 둘러봐도 없었다.

"온다고 했으니까 오겠지."

나는 항구, 문지를 기다리며 용산역 대합실을 왔다 갔다 했다. 동물원 우리에 갇힌 반달곰처럼 어슬렁어슬렁 천천히 오갔다. 그러다 우두커니 역 밖을 바라보았다. 밖에는 빗방울이 하나둘 떨어지고 있었다. 그 때문에 기온이 조금 내려갔으나 여전히 더운 날씨였다.

"은표야?"

먼저 나타난 사람은 지항구였다. 상의는 하늘색 반소매 티 위에 청재킷을 걸치고 하의는 낡은 청바지를 입고, 신발은 싸구려 흰색 운동화 차림이었다. 꼭 대학생 같았다.

"어! 항구야."

"고맙다. 이렇게 나와 주고."

"고맙기는 뭐. 참! 문지도 온댔어."

"문지도? 여자라 위험할 텐데?"

항구와 나는 벤치에 앉아 문지가 나타나기를 기다렸다. 텔레비전에서 흘러나오는 무슨 캠페인 광고 소리가 대합실에 크게 울려퍼졌다. 행복한 표정으로 거리를 오가는 시민들이 배경으로 나오고 고운 목소리의 성우가 '희망이 있는 사회, 미래가 있는 나라'를 차분하게 말하는 내용이었다. 나와 항구는 동시에 피식 웃었다(전에 몇 번 봤을 때는 아주 멋진 광고라 생각했었음).

"내가 좀 늦었지?"

채문지였다. 약속 시간을 10분 남겨 놓고 문지가 완전 무장을 하고 나타났다. 선캡을 쓰고, 흰색 티에 진청색 청바지를 입고 있었다. 신발은 흰색 아디다스 운동화였다. 티 위에 청색 조끼를 덧입고 어깨에는 숄더백과 카메라를 메고 있었다.

"무슨 탐사 여행이라도 가는 옷차림이네?"

항구가 먼저 일어나 반겼다.

"그렇게 하고 와서 몰라볼 뻔했잖아?"

나는 문지의 옷차림과 항구의 옷차림이 비슷해서 기분이 약간 틀어졌다. 뭐야, 얘네? 커플이라도 된다는 거야? 하지만 그렇다고 내색을 할 수는 없었다.

"이 정도는 하고 가야 할 것 같아서."

"어서 가자! 이러다 기차 놓치겠어."

지항구가 서둘러 매표소로 다가갔다. 채문지가 얼른 붙잡았다.

"왜 그래? 표, 내가 살게. 너, 돈 없잖아?"

"엄마가 좀 주셨어! 여행 좀 하고 싶다고 했더니."

"나도 보탤 테니까, 문지 네가 돈 관리를 해. 여자가 남자보다 돈 관리는 더 잘하잖아?"

나는 내가 가지고 있던 돈과 항구가 가지고 있는 돈을 문지에게 건넸다. 셋의 합계가 50만 원이 넘었다. 1박 2일을 예정하고 가는 것이니까 모자라지는 않을 것 같았다.

문지가 막 표를 구입하려 할 때였다.

"잠깐! 표는 내가 산다."

머리에는 얼룩무늬 정글모자를 눌러 쓰고, 눈에는 검은색 선글라스를 낀 어른이 앞을 막았다. 등에는 배낭을 메고 발에는 메이커 고급 등산화를 신고 있었다.

"어? 아빠?"

문지가 깜짝 놀라 소리쳤다.

"엥? 아빠라고?"

나하고 항구도 놀라서 정글모자를 바라보았다. 정글모자가 우리를 마주 바라보며 히죽이 웃었다. 그러더니 선글라스를 벗었다.

"으아악!"

나는 비명을 크게 질렀다. 두뇌 세포가 하나하나 떨어져 나가는 느낌이었다. 하늘과 땅이 빙글빙글 돌았다. 내가 뒤로 나가자빠지려는 순간, 항구가 내 등을 잡았다. 정말 담임, 된장항아리였다. 아니? 된장이 어떻게 알고 여기를? 나는 하마 입보다도 더 크게 벌어진 입을 다물지 못했다.

"은표 너, 이 짜식! 왜 놀라? 너, 나 첨 봤어? 그리고 여기가 네 아버지가 입원한 큰 병원이야?"

"그게 저, 저⋯⋯."

나는 꿀 먹은 벙어리가 되어 뒤통수만 긁적거렸다.

"아, 안녕하세요."

항구가 된장에게 어색한 인사를 건넸다. 곱지 않은 시선이었다.

"음! 지항구! 오랜만이다."

그 말을 툭 던지고 난 된장항아리는 신용카드로 표를 구입한 뒤 개찰구로 뛰었다.

"빨리 따라와! 기차 놓치겠다."

둥글둥글한 몸매에 배낭까지 멘 된장은 그야말로 굴러가는 항아리 모양새였다.

출발 직전에 가까스로 기차에 올라탄 우리는 자리를 찾아 앉았다.

"아까 저녁때 문지가 다 말해 줬어. 너희 그동안에 있었던 일 상세히 털어놓더라. 한 시간 넘게 설전이 오갔지. 우리 문지랑 그렇게 큰 말싸움을 하기는 처음이었어. 그래도 내가 안 된다고, 못 가게 말렸는데, 몰래 빠져나갔더라. 그래서 부랴부랴 뒤쫓아온 거야!"

"아빠, 내일 학교는 어떡하고요?"

"오다가 교무 부장한테 전화해 놨다. 여름 감기가 심하게 걸려 내일 하루 결근하겠다고. 감기 든 목소리 흉내 내느라 죽는 줄 알았다. 기침 소리도 적절히 섞어 가면서. 후후후!"

후후후! 웃고 난 된장이 등산화로 내 진품 나이키 운동화를 톡톡 건드렸다. 나는 발을 안쪽으로 끌어들이고 고개를 한 번 끄덕해 보였다.

"긴말하지 않겠다. 나, 사실 예전부터 생각 많이 했다. 교직 생활 초에는 솔직히 몹시 부끄러웠다. 그런데 그 부끄러움도 점차 줄어 들고 나중에는 무덤덤해지더구나. 그냥저냥 조용히 살고 싶었어. 그러다가 항구 때문에 번쩍 정신이 든 거야."

된장이 엄숙한 표정으로 힘주어 말했다. 나는 그의 말이 무슨 의미인지 알아채지 못했다.

"고맙습니다, 선생님!"

하지만 항구는 크게 감동을 받았는지 머리를 깊이 숙여 감사를 표했다.

"고맙기는? 진작에 어른인 우리가 했어야 될 일을……."

"아닙니다. 제가 꼭 하고 싶습니다. 제가 할아버지들한테 전해 들은……."

말을 멈추고 주위를 살펴본 항구는 조심스레 입을 열었다.

"몇 번 확인을 했는데 거의 틀림없는 정보랍니다."

"그놈이 만만찮은 녀석인데, 용케도 꼬리를 잡았군."

"예! 제 아버지 이후로 그놈의 추적에 모든 것을 바치신 분이래요. 연세가 예순 넷인 농부신데, 건강이 좋지 않다고 하시더라고요."

마치 오래 사귄 사람들처럼 된장과 항구는 자연스럽게 대화를 이어 갔다.

"그런데 녀석의 뒤를 봐주는 비호 세력이 상당할 거야. 아주 위험한 일이니 조심해야 해!"

"네! 각오하고 있습니다."

"나는 저 뒤쪽 빈자리에 가서 발 뻗고 한잠 잘 테니까 도착하면 깨워라!"

된장이 배낭을 들고 뒤쪽으로 갔다. 곧 뒤쪽에서 코 고는 소리가 들려왔다. 우리는 서로 아무 말이 없었다. 나는 차창 밖 어둠을 바라보며 불안한 마음을 달랬다. 지항구는 이따금 하품을 해 댔다. 하지만 잠을 자지는 않았다. 그도 불안하기는 매한가지일 터였다. 문지 역시 의자 등받이에 머리를 비스듬히 기대고 묵묵히 있었다. 나는 무엇보다 기말고사가 제일 걱정이었다. 아버지의 성난 얼굴이 창문에 들러붙어 계속 나를 노려보았다. 저승사자를 만난 듯 등골이 오싹하고 간이 콩알만큼 오그라들었다. 눈을 감아 버렸다.

목포에 도착하니 새벽 4시 20분이었다. 밤새 다섯 시간이나 달려온 것이었다. 대합실 벤치에 앉아 날이 완전히 밝기를 기다렸다. 시간은 더디 흘렀다. 아까 화장실에 간 된장항아리는 여전히 나오지 않고 있었다.

"으!"

문지가 어깨를 부르르 떨었다.

"새벽이라 좀 춥지? 배도 고프고."

"응!"

나도 어깨를 움츠렸다.

"이쪽으로 다 와라! 뜨거운 우동이라도 한 그릇씩 먹자."

된장항아리가 대합실 한쪽에 있는 분식 코너에서 우리를 불렀다. 빨간 머릿수건을 쓴 아주머니 두 명이 막 문을 열고 새벽 장사를 준비하는 중이었다.

"제일 빨리 되는 건 우동이에요."

"네 그릇 얼른 주세요."

처음 먹어 보는 우동이었다. 희멀건 국물에 굵은 면발, 동동 뜬 파, 그리 맛있어 보이지가 않았다. 하지만 배가 고파 꾸역꾸역 먹었다. 금세 속이 풀리고 몸이 훈훈해졌다.

"여기서 좀 기다리고 있어. 내가 나가서 뭘 좀 알아보고 올 테니까."

된장항아리가 대합실 밖으로 나가자 우리는 다시 벤치로 가서 나란히 앉았다. 내 좌측엔 채문지가 우측엔 지항구가 앉아, 나는 샌드위치 가운데 낀 계란 프라이였다. 그런데 배가 좀 차니까 그제야 졸음이 몰려들었다. 안 졸고 버티려 했지만 도저히 불가능했다. 눈꺼풀에 50킬로그램짜리 역기 무쇠원판을 달아 놓은 듯 위로 치켜뜰 수가 없었다. 머리도 전, 후, 좌, 우, 상, 하로 제멋대로 흔들렸다. 마치 고장 난 나침반 같았다. 문지와 지항구도 마찬가지였다. 셋이서 정신없이 졸았다. 나는 아주 드렁드렁 코를 골고 침까지 질질 흘려 가며 원맨쇼를 했다(나중에 안 것이지만).

"어따! 무신 눔의 코를 고로코롬 요란시레 곤다냐? 따발총 소리 겉이 허벌나게 시끄럽구만이라이? 학상! 날 봐, 학상! 쪼깨 조용히 좀 혀야 쓰것소이!"

웬 파머리 아주머니가 등을 치는 바람에 번쩍 눈을 떴다. 언제 몰려들었는지 대합실은 사람들로 북적거렸다. 밖을 보니 날이 훤히 밝아 있었다. 아침 햇살이 역 광장의 느티나무 가지 사이로 강하게 쏟아져 내렸다. 시계를 보았다. 8시 27분. 그러면 겨우 세 시간 정도 잔 것이었다. 옷소매로 침을 닦고 문지, 항구를 흔들어 깨웠다.

"일어나! 벌써 해가 떴어."

"응! 근데 울 아빠는?"

"아직 안 오셨어. 밖으로 나가자. 여긴 사람이 너무 많다."

우리는 대합실을 나가 역 광장 앞 택시정류장으로 걸어갔다.

"사아고옹에에 배앳노오래에 가아무울거어리이며언 사암하악 도오오 파아도오기이피이 스으며어드으은데에……."

광장에는 간드러지는 어느 여자 가수의 노랫소리가 반복적으로 울려 퍼지고 있었다. 콧소리가 많이 섞인 가느다란 목소리가 끊어질 듯 이어지는 게 그야말로 심금을 울렸다. 담임 된장항아리가 학교 축제 때 감정을 왕창 넣어 부르던 노래가 떠올랐다. 찻길 건너

편에 된장항아리가 나타났다. 왼손에 생활 정보 신문을 든 채 휴대폰으로 누군가와 통화를 하고 있었다.

"아빠! 여기요, 여기!"

문지가 손을 흔들어 그를 불렀다. 그가 횡단보도를 건너왔다.

"옛날 친구를 좀 만나 보려 했는데, 못 만났다. 택시 타자!"

목포항 여객선터미널은 목포역에서 멀지 않았다. 택시로 불과 15분 거리였다. 우리는 서둘러 매표소로 뛰어갔다.

"바람섬이오. 바람섬 표 세 장이오. 빨리요."

문지가 매표소 아가씨에게 재촉하며 지갑을 열었다.

"바람섬이오?"

진보라색 루즈를 입술에 두껍게 바른 넙죽이 아가씨가 무슨 소리냐는 듯 되물었다. 껌까지 질겅질겅 씹고 있었다.

"그런 섬은 없어요."

짧게 한마디 하고는 옆으로 비키라는 눈짓을 했다. 아주 사무적인 말투였다. 표정도 딱딱했다. 우리 뒤에는 배표를 끊으려는 사람 예닐곱 명이 줄을 서 있었다.

"없다니요? 분명히 바람섬이라고 했는데요."

"글쎄 없다니까요. 얼른 비켜요, 뒷사람 기다리잖아요."

그러나 문지는 비켜서지 않았다. 넙죽이 아가씨와 계속 실랑이를 벌였다.

그사이 나는 매표소 윗 벽에 붙여 놓은 여객선 안내표를 살펴보았다. 제주도, 흑산도, 홍도, 팔금도, 비금도, 가거도. 정말 눈을 씻고 몇 번이나 살펴봐도 바람섬이라는 곳은 없었다. 당황스러웠다.

"틀림없이 바람섬이라고 그러셨어요. 목포에서 타면 될 거라고요. 잠깐만 기다리세요. 제가 전화로 확인해 볼게요."

지항구가 넙죽이 아가씨에게 그렇게 말한 뒤 휴대폰을 꺼내 들었다. 그러는 중에 사람들은 더 늘어 줄이 상당히 길어져 있었다.

"아, 왜 줄이 이렇게 안 줄어드는 거야?"

"빨리 끊고, 빨리 비켜!"

줄이 줄어들지 않자 사람들이 불만을 터뜨렸다. 뒤쪽에 서 있던 낚시꾼 일행은 노골적으로 인상을 쓰며 눈을 흘겼다. 그러고 보니 낚시꾼들이 제일 많았다. 대합실 곳곳에 네다섯 명씩 몰려 앉아 담배를 피우고 있었다. 모두들 멋스럽게 잘 차려입었고 여유 있는 표정이었다.

급한 마음에 채문지는 발을 동동 구르고, 종로3가 지하실 할아버지들은 전화를 받지 않는지 항구는 계속 통화를 시도했다. 된장항아리는 밖에서 또 누군가와 전화 통화를 하고 있었다. 솔직히 나는 그가 몹시 불편했다. 문지를 보호하기 위해서 따라온 것이겠지만 전혀 도움이 될 것 같지가 않았다. 내가 벌레 씹은 표정으로 된장항아리를 바라보고 있을 때였다.

매표소 안쪽에 앉아 있던 사람이 일어나 앞으로 다가왔다. 풍채가 좋은 사람으로 책임자 같았다. 흰머리에 주름 많은 얼굴이 호감이 가지는 않았다. 특히 목소리가 허스키한 게 숟가락으로 철판을 긁는 소리와 흡사했다.

"학생들, 풍도를 말하는 것 같은데, 거기 가려면 일단 흑산도로 가야 해!"

"예? 흑산도요?"

"그래! 흑산도에 가면 거기 가는 배가 따로 있어. 비정기 노선이라 이틀이나 사흘에 한 번씩 있다고. 운때가 맞으면 오늘 탈 수도 있어."

# 바람섬에 가다

운때가 맞았다. 흑산도에 내리자마자 물어봤더니 오후 3시에 풍
도로 출발하는 배가 있다는 거였다. 우리는 포구 식당에서 점심을
먹고 배 시간이 되기를 기다렸다.

"너희들 저기서 기다리고 있어. 나는 또 알아볼 게 있어."

"뭘요, 아빠?"

"나는 나 나름대로 확인해 볼 정보가 있어서 그래. 잠깐 갔다 올게."

된장은 시장 쪽으로 가고 우리는 방파제 쪽으로 갔다. 방파제를
거닐며 파도 구경도 하고 갈매기 구경도 했다. 너른 바다를 보니
마음이 탁 트이고 기분도 좋았다. 하지만 문지는 내내 우울한 표정
이었다.

"위층의 재봉틀 소리 때문에 할아버지가 휴대폰 벨소리를 못 들

으시나 봐. 아마 곧 전화가 올 거야. 오면 바람섬이 풍도가 맞는지
다시 알아볼게."

"바람 풍, 섬 도, 맞는 것 같은데? 그나저나 그 정보는 확실한 거야?"

문지가 따로 떨어져서 검푸른 바다를 바라보고 있는 사이 내가
항구에게 물었다.

"응! 믿을 만한 정보야. 거기가 가장 유력하대."

"가서 만약 아니면 이게 무슨 개고생이냐?"

"아니면 어쩔 수 없지만, 그래도 안 가 볼 수도 없잖아? 아, 전화
왜 이렇게 안 오지?"

문지가 다가왔다. 기다리는 할아버지 전화는 오지 않았다. 대신
내 휴대폰이 울렸다. 아버지였다. 나는 습관적으로 부동자세를 취
하고 얼른 전화를 받았다.

"예! 아버지!"

"너, 대체 지금 어디 있는 거야?"

귀청이 떨어질 만큼 아주 큰 목소리였다. 문지와 항구가 놀라서
쳐다보았다. 나는 그들과 거리를 좀 두려고 방파제를 따라 대여섯
발짝 걸었다.

"예! 저, 지금……."

말이 막혔다. 학교에 있습니다, 라는 소리가 목구멍에 걸려 넘어
오지 않았다. 아버지가 너, 어디 있는 거야? 라고 소리를 친 것은

이미 내가 학교에 없다는 사실을 알고 있다는 말이었다. 어떻게 둘러대야 할지 난감했다.

"어서 말 못해?"

아까보다 두 배는 더 큰 고함이 휴대폰에서 터져 나왔다. 귀가 먹먹하고 골이 다 흔들렸다. 문지와 항구가 근심스런 눈빛으로 나를 바라보고 있었다.

"바닷가에 있습니다. 지금 방파제에서 바람 쐬고 있습니다."

솔직하게 말했다.

"뭐야? 너, 이놈 미쳤어? 월요일이 기말고사잖아?"

"알고 있습니다."

"알고 있는 놈이 바다에 가서 바람을 쐬어? 학교도 빼먹고? 지난 중간고사에서 그렇게 개죽을 쒔으면 정신 바짝 차리고 죽기 살기로 공불 해야지. 당장 돌아와, 이 새끼야!"

안 하던 욕까지 퍼부었다. 나 때문에 엄마하고 또 한바탕 다툰 게 분명했다. 욕설을 들으니 속이 부글부글 끓어올랐다. 마음이 파도보다 더 심하게 일렁거렸다. 전화를 받는 내 자세가 나도 모르게 흐트러지기 시작했다. 한 손을 허리에 턱 올렸다. 눈에 힘을 주었다. 어금니를 깨물었다. 심호흡을 한 차례 내뿜었다. 그러고는 입을 열었다.

"못 갑니다. 계속 바람을 쐬고 싶어요."

"뭐? 뭐? 다시 말해 봐!"

"지금 못, 간, 다, 고, 요. 안, 간, 다, 고, 요."

또박또박 다시 말했다. 아버지는 아무 말이 없었다. 충격이 큰 모양이었다. 쐐기를 박았다.

"저도 이제 어린애가 아니에요. 돌아가든 말든 제가 결정할 테니까 아버지는 상관하지 마세요."

그 말을 마치자마자 전화를 뚝 끊었다. 배터리를 분리시켰다. 휴대폰을 오른손에 움켜잡고 바다를 향해 힘껏 던졌다. 지난 2월 고등학교 입학 선물로 아버지가 직접 사 준 최신형 스마트폰이었다. 문지와 항구가 놀라서 내게 다가왔다.

두 시간이 넘어서 된장이 돌아왔다. 어디를 돌아다녔는지 얼굴이 땀범벅이었다.

"선생님, 어디 갔다 오신 거예요?"

"응! 그냥, 여기저기 뭘 좀 알아보려고."

항구의 물음에 된장은 건성으로 대답하고 방파제 모서리에 퍼질러 앉았다. 앉아서 연신 땀을 닦아 댔다. 해풍이 약하게 불고 있었으나 더위를 식혀 주지는 못했다.

우리는 풍도로 가는 배에 올랐다. 아주 작은 배였다. 목포항에서 흑산도까지 타고 온 대형여객선의 10분의 1이 될까 말까였다. 그래도 이름은 '태산호'였다. 선체가 녹이 슬어 시뻘건 데다가 깨진 유리창도 많아 난파선이나 다름없었다. 께름칙한 마음으로 객실로 들어갔다. 승객들이 여기저기 앉아 있었다. 승객이라고 해야 낚시꾼 차림의 아저씨가 네 명, 섬 주민으로 보이는 진회색 셔츠 차림의 중년 아저씨가 한 명, 군복 차림의 군인이 한 명, 교복 차림의 여고생이 한 명, 그게 전부였다. 우리까지 쳐도 고작 열한 명이었다. 열한 명으로도 좌석이 반 이상이나 찼다.

"출발헙니다. 으흠!"

수염이 덥수룩한 선장의 표정이 그리 밝지 않았다. 승객이 많지 않아 그런지 말투도 거칠었다. 트특! 트특! 기관실에서 나는 낡은 엔진 소리와 흡사했다. 곧 배가 서서히 움직이기 시작했다. 흑산항을 벗어나자 속력을 좀 내는 것 같았다. 그러나 거기서 거기였다. 배 뒤로는 갈매기들이 떼를 이뤄 따라왔다.

"두 시간 반이나 걸린다고 했지?"

"응! 바람이 심하면 좀 더 걸리고."

소형선이라서 배는 심하게 요동질을 쳤다. 금세 머리가 어지럽고 속이 울렁거렸다. 그런데 둘러보니 다른 사람들은 멀쩡했다. 된장항아리도 까딱없었다. 나, 문지, 항구, 셋만 그런 것 같았다. 낚시꾼들은 아예 술판을 벌여 놓고 소주잔을 기울였다. 배의 흔들림을 즐기는 표정이었다.

"덩실! 덩실! 배는 바로 이 맛에 타는 거야."

"그럼! 그럼! 이래야 쏘주 맛이 나지."

입고 있는 옷이며 장비가 고급스러워 돈도 있고 교양도 있겠거니 생각했는데, 아니었다. 언행이 천박해 이맛살이 찌푸려졌다.

"선장님! 선장님! 이리 좀 오세요. 와서 밴댕이회에 소주 한잔 하세요."

낚시꾼들이 선장을 불렀다. 조종키를 고정시켜 놓고 덥수룩 선장이 어슬렁어슬렁 다가왔다.

"이렇게 좋은 날에는 쐬주가 최고죠."

"그럼요! 배 모시느라 수고하시는데, 자, 한잔 받으세요."

종이컵에 가득 채운 소주를 선장은 단숨에 마셨다. 카! 소리를 길게 뽑고 나서 나무젓가락으로 밴댕이회 서너 점을 한꺼번에 집어 들었다. 그것을 초고추장을 듬뿍 찍더니 입안으로 쑤셔 넣었다.

"이 밴댕이가 잡은 지 좀 오래됐네요. 맛이 좀 갔어요. 쫄깃하지도 않고."

선장은 회를 우적우적 씹으면서 회에 대한 평가를 내렸다.

선장이 술을 마시는 것을 보고 회색 셔츠 아저씨가 인상을 썼다. 그러나 그들은 전혀 아랑곳하지 않았다.

"우리는 상풍도 오른쪽 기슭 칼바위에 좀 내려 주세요. 거기가 낚시 포인트가 좋다고 해서, 우리 거기 가는 겁니다."

"아, 그건 좀……. 정해진 항로를 지켜야 합니다. 거기는 배를 대는 포구도 아니고, 또 그쪽이 암초도 많고, 파도도 심하고⋯⋯."

"그러니까 우리가 선장님께 특별히 부탁하는 거잖습니까. 자, 여기 이거, 얼른 넣어 두세요."

낚시꾼들 중 한 명이 선장에게 돈을 건넸다. 선장이 은근슬쩍 받아 챙겨 윗주머니에 넣었다.

"뭐, 못 댈 것도 없지요. 제가 배를 몬 지 올해로 32년쨉니다. 아무리 쎈 태풍이 와도, 요 새끼손가락 하나면 대한민국 해안 어디든 다 댑니다."

"어우! 그렇습니까? 대단하십니다."

회색 셔츠 아저씨가 계속 그들을 쳐다보며 뭐라 한마디 할 듯할 듯 하다가 그만두곤 했다. 자기만 빼놓고 그들끼리만 술을 마셔서 화가 난 것처럼 보였다. 선장은 소주 한 잔을 더 마신 다음에야 자기 자리로 돌아가 조종키를 잡았다.

"지난 일일랑 잊어버리고~ 웃으며 살아갑시다. 잊을 겁니다~ 잊을 거예요~ 까맣게 잊을 겁니다."

선장은 소주 몇 잔과 맛이 간 회에 기분이 좋아진 모양이었다. 손가락으로 조종키를 두드리며 노래를 흥얼거렸다. 낚시꾼들이 손뼉을 치며 큰 목소리로 따라 불렀다.

"휴가 나온 모양이지?"

이맛살을 접고 낚시꾼들을 바라보고 있던 회색 셔츠 아저씨가 군인에게 말을 걸었다.

"예! 4박5일 포상 휴가입니다."

"포상 휴가라면?"

"사단 포사격 시합에서 우리 조가 3등을 했습니다."

말을 해 놓고 쑥스러운지 군인이 살짝 웃었다.

"어이구! 대단하구먼. 축하하네. 축하해!"

"감사합니다."

"명찰을 보니 주호중 상병이군. 어디에서 군복무하는데?"

"강원도 양구에 있는 21사단입니다."

양구? 들어본 것 같기는 했다. 배의 흔들림으로 속이 매스껍기 시작했다. 문지와 항구도 그런 것 같았다. 얼굴색이 어두웠고 표정이 굳어 있었다.

"아, 양구? 나는 경기도 평택항에서 해군으로 복무를 했어. 양구는 겨울에는 무척 춥지. 눈 치우느라고 고생도 많고. 주 상병은 풍도가 고향인가 보지?"

"예! 고향입니다. 지금 어머니 혼자 살고 계십니다."

회색 셔츠 아저씨는 군인에게 자꾸 꼬치꼬치 캐물었다. 옆에서 지켜보고 있는 우리가 다 무안할 정도였다. 그러나 군인은 싫어 하는 기색 없이 또박또박 대답해 주었다.

"주 상병, 애인 있지?"

"애인이오? 없습니다."

군인의 얼굴에 잠시 회색 구름이 끼었다가 사라졌다.

회색 셔츠 아저씨가 이번에는 여고생에게 물었다.

"학생은 어디 가는 거야? 외갓집에? 친척집에?"

"우리 집에요."

"몇 학년이야?"

"목포 유달여고 1학년이에요."

여고생은 밝은 얼굴이었고 목소리도 상냥했다.

"유달여고? 어이구! 공부를 꽤 잘하나 보네? 거긴 중학교 때 전교 3, 4등은 해야 원서를 써 준다고 그러던데? 맞지?"

여고생은 아무 대답 않고 그냥 수줍게 웃기만 했다. 또랑또랑해 보이기는 했다.

"목포에서 자취하나?"

"아니요. 아빠가 제 이름으로 사 놓은 아파트가 한 채 있는데 중학생 때부터 죽 거기서 살았어요. 가정부 아주머니랑 함께 살고 있어요. 우리 엄마도 한 달에 한 번씩 오세요."

"능력 있는 아주 좋은 아버지를 두었군!"

"네! 저는 세상에서 아빠가 제일 존경스러워요. 그리고 제일 사랑해요. 오늘도 원래는 아빠가 쾌속보트로 데리러 오기로 했는데, 급히 일본 출장 가셔서 혼자 가는 거예요."

여고생의 얼굴과 말투에는 자기 아빠에 대한 사랑과 존경이 넘쳐흘렀다. 그런 여고생을 휴가 군인이 슬쩍슬쩍 바라보았다. 눈빛이 곱지 않았다.

"쾌속보트로 목포까지?"

"시간이 있으면 목포까지도 오시는데요, 대개 흑산도까지만 오세요."

"흑산도까지도 거리가 어디야? 딸을 참 대단히 사랑하시는구먼! 그럼, 학생도 풍도가 고향이야?"

여고생이 고개를 가로저었다. 그러고 나서 대답을 했다.

"아니요! 저는 인천이 고향인데 초등학교 3학년 때 이사를 온 거예요. 식구들 다요. 할아버지, 아버지, 엄마, 그리고 나, 그렇게 넷이서요. 저보다 열한 살 위인 오빠는 서울에서 고등학교 졸업하고 일본으로 유학 가서 일본에 쭉 살고 있고요. 저는 풍도분교를 졸업하고 목포로 나간 거죠."

"풍도분교 졸업생? 내가 흑산초등학교 풍도분교 선생이야!"

선생이라는 말에 나는 회색 셔츠 아저씨를 자세히 살폈다. 채문지와 지항구도 그에게 시선을 두었다. 군인도 마찬가지였다. 그러나 낚시꾼들은 여전히 술잔을 기울이며 잡담을 늘어놓고 있었다. 덥수룩 선장 역시 고개를 까딱거리면서 한물간 옛 가요를 메들리로 불러대고 있었다. 배는 파도에 심하게 출렁였다.

"일이 생겨서 하동에 있는 집에 갔다가 돌아가는 길이지. 작년 초에 자원해서 부임해 왔어. 지금 전교생이 달랑 여섯 명이야!"

"어머! 우리 때는 전체 열네 명이었는데."

"해마다 자꾸 줄어! 섬에 젊은 부부들이 없으니 뭐! 이사 오는 사람도 없고."

나는 뱃멀미가 나서 죽을 지경이었다. 채문지와 지항구도 얼굴이 퍼렇게 변해 있었다. 뱃속이 부글부글 끓기 시작하자 더 이상 앉아 있을 수가 없었다. 벌떡 일어나 선실 밖으로 뛰어나갔다. 나가자마자 난간 가드레일을 잡고 토하기 시작했다. 곧이어 지항구와 채문지도 뛰어나와 가드레일을 잡았다.

"으웩!"

"우웨웩!"

"꾸엑!"

우리는 셋이서 나란히 서서 돼지 울음소리를 내며 마구 토해 댔다. 마치 누가 더 많이 토해 내나 시합이라도 하는 것 같았다. 뱃속에 든 것은 모조리 다 밖으로 튀어나왔다. 갈매기들이 뭐 좋은 먹을거린 줄 알고 떼로 몰려들었다.

뱃속이 텅텅 비어 더 이상 올라올 게 없었다. 그런데도 우리는 계속 헛구역질을 반복했다. 선장이 내다보고 빙그레 웃었다. 된장 항아리와 낚시꾼들도 마찬가지였다. 분교 선생이 밖으로 나왔다.

"이런 소형선을 처음 타 보는 거구먼. 작은 배는 파도에 많이 흔들리니까 뱃멀미를 하게 되지."

그가 우리들 등을 차례로 두드려 주었다. 뜻밖이었다. 더럽고 냄새가 심할 텐데도 전혀 아랑곳하지 않았다.

"여긴 위험하니까 이제 들어가. 들어가서 식수로 입을 헹구고, 허리띠 풀고, 가만히 앉아 있어, 그러면 좀 나아지지!"

눈앞이 어지러워 그의 부축을 받고 겨우 안으로 들어갔다. 좌석에 힘없이 털썩 주저앉았다. 분교 선생이 식수를 가져와 입을 헹궈 냈으나 별반 나아지지 않았다.

"대학생들 같은데, 풍도를 뭐 하러 가는 거야?"

"예! 저, 갈매기요. 갈매기 생태 연구하러 갑니다."

나는 배를 따라 날고 있는 갈매기들을 보고 얼떨결에 그렇게 대답했다.

"갈매기 생태 연구? 갈매기라면 구태여 거기까지 갈 이유가 뭐 있어?"

분교 선생이 고개를 갸웃거렸다. 지항구가 얼른 끼어들었다.

"이번 여름방학 연구 과제입니다. 외딴섬에 가서 희귀 갈매기의 습성을 살펴보고 리포트를 제출하라는…….."

"으응! 어느 대학교 무슨 과야?"

그 질문에 나와 지항구는 즉시 대답을 못하고 머뭇거렸다. 사람들이 우리를 다 쳐다보았다.

"경희대 조류학과 1학년이에요."

사태를 알아차린 채문지가 얼른 대답을 했다.

"아아! 그럼 저기 저 선글라스 끼신 분이 지도 교수님이시겠네?"

분교 선생이 된장항아리를 가리켰다.

"예? 예! 예!"

나는 엉겁결에 또 그렇게 대답하고 말았다.

"갈매기도 괭이갈매기, 재갈매기, 제비갈매기 등 종류가 참 많아!"

우리는 고개를 끄덕거리며 그의 말을 들었다.

"학생들은 어디? 상풍도에서 내리나? 하풍도에서 내리나?"

"하풍도요."

항구가 대답했다. 흑산도에 들어와서 알게 된 사실은 풍도, 일명 바람섬에 상풍도와 하풍도가 있다는 것이었다. 할아버지 전화를 기다리다 지친 지항구는 배를 타기 직전에 할아버지에게 다시 전화를 했다. 그래서 겨우 통화가 이루어져 하풍도에 이무형이 있을 가능성이 더 높다는 사실을 알아냈다.

"그렇군! 하풍도는 상풍도보다 크기는 더 큰데, 섬이 험해서 민가는 훨씬 적어. 그래서 우리 분교가 상풍도에 위치해 있는 거야."

"하풍도가 더 커요?"

"응! 나도 안 가 봤는데, 더 크대. 돌아가다가 시간이 나면 우리 분교에 들러. 나와 함께 하룻밤 묵으면서 얘기도 나누고, 또 우리 분교 애들한테 서울 이야기도 들려주고. 개들은 갈매기에 대해 나보다 더 잘 알아. 그리고 뭍에서 오는 사람들을 늘 기다리며 살지!"

분교 선생은 이렇다 할 외모적 특징은 없었다. 그저 푸근하게 생긴 인상이었다.

"젊은 선생들은 대도시 학교를 좋아하지, 외딴 섬에는 안 오려고 해! 그래서 내가 자원한 거야. 학생이 한 명이라도 있다면 퇴직할 때까지 있으려고."

1시간 40분쯤 달리자 저 멀리 풍도가 보였다. 바람이 거세지기 시작했다. 배가 더욱 흔들렸다. 속도가 영 나지 않았다. 낚시꾼들을 칼바위에 아슬아슬하게 내려주고 다시 출발했다.

"선장님, 지킬 건 지켜야죠. 그런 데다 임의로 배를 대다가 혹 사고라도 나면 어쩌려고 그럽니까? 술까지 드시고."

분교 선생이 선장에게 한마디 건넸다. 그동안 참고 있던 말을 터뜨린 것이었다. 목소리가 완전 추궁조였다. 선장이 분교 선생을 노려보았다.

"사고가 왜 나요? 절대 안 나니까 걱정 마슈!"

"사고가 어디 난다고 말하고서 납니까? 아무리 선장이라도 그렇게 제멋대로 배를 몰면 안 됩니다. 그러면 선장 자격이 없는 거예요."

"뭐요? 내가 자격이 없어? 아니, 이 양반이."

선장이 부릅뜬 눈으로 분교 선생을 아래위로 훑었다. 주먹이라
도 날릴 기세였다.

"여보세요. 이분 말이 맞는데, 말투가 그게 뭐요?"

그때까지 묵묵히 바다만 보고 있던 된장항아리가 분교 선생을
두둔하고 나섰다.

"내 말투가 뭐 어떻다고 그러슈?"

이번에는 선장이 된장항아리를 째려보았다. 된장이 벌떡 일어
났다.

"아니, 까놓고 말해서 항로를 멋대로 이탈한 건 당신 잘못 아니
요? 게다가 돈까지 받고. 또 술을 마셨으니까 음주 운항을 한 거고.
그런데 뭘 잘했다고 승객한테 그따위로 말을 해요? 사죄를 해도
시원찮을 판에."

"그까짓 소주 네 잔 가지고, 간에 기별도 안 가는 양이오. 내 원
래 주량이 소주 열 병이오, 열 병."

선장은 자기 주량을 자랑스레 말했다. 그러고는 분풀이를 하려
는 듯 배를 지그재그로 몰았다. 그에 따라 우리 몸이 좌우로 심하
게 흔들렸다.

분교 선생이 된장항아리에게 다가가 악수를 청했다.

"교수님, 인사드리겠습니다. 저는 이 섬 분교에 재직하고 있는

교사 선우엽입니다."

"아, 예! 그러세요. 저는 박달구라 합니다. 반갑습니다."

"학생들 데리고 갈매기 생태 연구를 하러 오셨다고요?"

"예? 갈매기요?"

된장항아리가 우리를 바라보았다. 문지가 눈을 찡긋했다.

"예! 그렇습니다. 백갈매기 생태를 ……."

두 사람은 금세 친해져 이런저런 이야기를 나누었다.

한참을 더 가서야 상풍도 포구 선착장에 도착했다. 포구 주변에
집들이 다닥다닥 몰려 있었다. 대충 60여 호쯤 되는 것 같았다. 학
교는 마을 뒤편 언덕에 길쭉하게 자리 잡고 있었다. 하얀 벽에 빨
간 지붕이 아주 예뻤다.

"그럼 박 교수님, 연구 잘하시고, 돌아가실 때 저희 분교에 들러
주세요. 제가 약주 한잔 대접해 드리지요."

"예! 시간을 봐서……."

"학생들, 벼랑 조심하고. 돌아갈 때 웬만하면 꼭 들러 줘! 참, 내
휴대폰 번호 알려 줄게. 저장해 둬!"

"예!"

문지가 분교 선생의 휴대폰 번호를 저장했다. 하지만 전화 걸 일
은 없을 것 같았다. 저 선생도 원! 우리가 전화 걸 일이 뭐가 있겠
어요? 속으로 말하며 나는 분교 선생을 배웅했다.

"주 상병도 휴가 잘 보내고 무사 귀대하게! 여학생도 공부 더 열심히 해서 나중에 원하는 대학 꼭 가고."

분교 선생은 손을 흔들며 일일이 인사를 전하고는 배에서 내렸다. 바람이 거세어 그의 옷자락이 찢어질 듯 펄럭였다.

배는 곧바로 다시 출발해 하풍도로 향했다. 풍도라는 이름에 걸맞게 바람은 점점 더 거세졌다. 배가 좌우로 낙엽처럼 흔들렸다. 상하로도 오르내렸다. 의자 손잡이를 꽉 붙잡고 있어야 할 정도로 심하게 요동질을 쳐 머리가 다시 어지러웠다. 10여 분쯤 가다가 내가 큰 소리로 물었다.

"선장님, 하풍도까지 아직 멀어요?"

"안 멀어."

무뚝뚝한 대답이었다.

"거리는 4.7킬로미터쯤 되고 이 배로는 한 35분 걸려요."

여고생이 좀 더 자세히 대답을 해 줬다. 나는 처음부터 자꾸 여고생이 신경 쓰였다. 교복이지만 최고급 메이커 제품이었고 신발은 유명 수입품이었다. 말투 또한 전혀 촌스럽지 않았다. 키와 체격도 문지보다 더 크고 균형이 잡혀 있었다. 아무리 뜯어보아도 섬 소녀 같지가 않았다. 여고생도 틈틈이 우리를 살펴보았다. 하지만 군인은 우리에게 일절 관심이 없다는 듯 창 밖 바다만 바라볼 뿐이었다. 깊은 생각에 잠긴 표정이었다.

파도가 높아 하풍도 선착장에 배를 대기가 쉽지 않아 보였다. 대한민국 해안 어디든 다 댈 자신 있다고 큰소리쳤던 선장도 한참이나 끙끙댔다. 서너 번 시도를 한 끝에야 겨우 접안이 되었다.

"아, 쓰벌! 오늘은 파도 참 드럽구마! 크악! 퉤!"

덥수룩 선장은 애꿎은 파도를 향해 가래침을 힘껏 뱉었다.

우리는 서둘러 배에서 내렸다. 하풍도는 포구 언덕배기에 납작하게 들러붙은 민가가 몇 채 보일 뿐이었다. 다 합해 봐야 스무 집이 될까 말까였다. 그나마 사람이 살지 않는 듯 지붕이 무너지고 담벼락이 허물어진 집들이 많았다. 항구네 집이 있는 언덕동네와 아주 흡사했다.

앞서 내린 여고생은 좌측 길로, 군인은 양손에 커다란 보따리를 들고 우측 길로 각기 사라져 갔다. 오후 6시가 다 되어 사방은 어둑어둑해져 갔다. 맑았던 날씨도 어느새 흐려져 있었다.

"아빠, 우린 어디로 가지요? 곧 밤이 될 텐데?"

"글쎄?"

하풍도까지 찾아오기는 했으나 막막했다. 뱃멀미로 먹은 것을 다 토해 내 속이 쓰리고 배가 고팠다. 아무리 둘러봐도 식당이나 구멍가게가 눈에 띄지 않았다. 포구에도 손바닥만 한 조각배 두어 척만 매어 있을 뿐 어선다운 어선은 한 척도 없었다. 우리는 어디로 갈지 몰라 포구에 우두커니 서 있었다. 바람 소리, 파도 소리, 갈매기 소리가 3부 돌림노래라도 하듯 나름대로 화음을 이뤄 들려왔다.

"아무래도 잘못 온 것 같다. 이런 섬에 그자가 있을 턱이 없어!"

내가 불만을 토로했다.

"뭐 좀 먹자. 배부터 채워야겠어."

"그래! 우선 마을로 들어가 보자, 안쪽에 가게가 있나."

하지만 마을 안쪽에도 가게는 없었다. 마을이 쥐죽은 듯 조용한 게 사람 한 명 보이지 않았다.

"바람이 차지는데! 배도 고프고."

"우리 아무 집이나 들어가서 하룻밤 재워 달라고 해 보자. 밥도 좀 달라고 하고."

"그래! 돈을 주면 되잖아. 돈 싫어하는 사람은 없을 테니까. 이런 촌마을 집 밥이 얼마 되겠어 뭐! 밥값 3만 원에 방값 5만 원, 합계 8만 원이면 나가떨어지지. 저기, 저 뒤쪽 파란 지붕 집으로 가자."

내가 다른 집들과 약간 떨어져 있는 한 집을 가리켰다. 그러고는 앞장서서 걸었다. 지항구와 문지가 뒤를 따랐다. 된장항아리는 섬 이곳저곳을 휘둘러보며 맨 뒤에 왔다. 폐가로 변한 몇몇 집을 지나 파란 지붕집에 도착했다. 대문도 없는 아주 낡은 집이었다. 벽에 바른 진흙이 드문드문 떨어져 속에 댄 나뭇가지 보강재가 삐죽삐죽 나와 있었다. 더욱이 마루 기둥 하나가 심하게 기울어져 금방이라도 폭삭 주저앉아 버릴 것만 같았다. 아무래도 내키지 않아 망설이고 있는데 지항구가 마당으로 성큼성큼 들어갔다. 그가 큰 소리로 사람을 불렀다.

"계세요? 안에 계세요?"

# 수상한 집

잠결이었지만 느낌이 이상했다. 무언가가 나를 내려다보고 있는 것 같았다. 숨소리, 내 얼굴 바로 위에서 숨소리가 들렸다. 지항구의 숨소리도, 채문지의 숨소리도 아니었다. 된장항아리의 숨소리는 더더욱 아니었다. 나지막이 쌕쌕! 헉헉! 거리는 소리는 분명 사나운 산짐승의 소리였다. 굶주린 맹수가 먹이를 노려보고 내뱉는 숨소리였다. 숨소리뿐 아니라 뜨끈한 입김까지 고스란히 감지되었다. 역겨운 냄새도 풍겼다. 나는 두려움으로 감히 눈을 뜨지 못했다. 머리카락이 곤두섰다. 온몸에 알밤만 한 소름이 돋았다. 심장이 터질 것 같았다.

숨소리는 계속 들렸다. 나는 공포에 떨면서도 가만히 실눈을 떴다. 이상한 일이었다. 눈을 뜨지 않으려고 무진 애를 썼는데도 허사였다. 내 의지와는 무관하게 눈이 뜨여진 것이었다. 내 몸의 일부인데도 내 의지대로 작동되지 않을 수도 있다니? 이해 불가능이었다. 어떻든 실눈을 뜨자 시커먼 물체가 눈앞에 있었다. 바로 코앞에서 나를 내려다보고 있었다. 나는 너무 놀라 비명조차 지르지 못했다. 드라큘라에게 목을 물린 듯, 생전 처음 겪어 보는 공포였다.

"으으으으!"

방문에 희미한 빛이 비치는 걸로 보아 여명이 트는 중인 모양이었다. 하지만 방 안은 여전히 어둑어둑했다. 물체의 윤곽선만 흐릿하게 시야에 잡힐 뿐 자세한 모습을 볼 수는 없었다.

극도의 두려움으로 내 몸이 5분의 1로 쪼그라들었을 때였다. 나를 내려다보던 검은 물체가 갑자기 손을 뻗어 내 얼굴을 어루만졌다. 수백 개의 바늘이 한꺼번에 뺨에 박히는 것 같았다. 그 느낌에 내 몸의 체세포 하나하나가 뺨과 목, 가슴, 배, 다리 순으로 차례차례 떨어져 나갔다.

"으아악!"

그제야 나는 크게 소리쳤다. 그 외침 소리가 끝나기도 전에 벌떡 일어났다. 그 바람에 같은 방에서 자고 있던 항구와 문지도 잠이 깨 몸을 일으켰다.

"놀라기는 원! 학상이 죽은 내 큰아들을 닮아서 그러는 것이여!"

"하, 할머니!"

"쬐께 더 자, 더! 날이 다 밝으려믄 쬐께 더 이씨야 헝게!"

집주인 할머니였다. 어제 저녁을 얻어먹고 나서 우리는 그냥 스르르 잠이 들었었다. 장거리 기차 여행과 험난한 뱃길에 지칠 대로 지친 데다 잠이 부족해 그대로 곯아떨어진 것이었다. 살펴보니, 맨 아랫목에 채문지, 그다음이 할머니, 그리고 나, 지항구 순으로 누워 잠을 잔 모양이었다. 할머니가 끌어다가 그렇게 자리를 정해 준 게 분명했다. 된장항아리는 윗목에 별도로 떨어져서 코를 골고 있었다.

벽시계를 보았다. 새벽 5시 10분이었다. 그렇다면 8시가 조금 못되어 잠이 들었으니까 무려 아홉 시간 반이나 내처 잔 것이었다. 나는 중1 이후 하루 다섯 시간 이상은 잔 적이 없었다. 아버지는 공부하는 데 잠이 제1의 적이라며 점차 네 시간까지 줄이라고 했었다. 그러면서 중2 초에 『나폴레옹 수면법』이라는 책을 사 주었다. 자신이 직접 경험했다는 4당5락이라는 말의 설명과 함께.

"좀 더 자랑게! 나는 이제 아침밥 지을랑게!"

할머니가 방문을 열고 밖으로 나갔다. 채문지는 그대로 다시 쓰러져 누웠고 지항구도 옆으로 누워 눈을 감았다. 하지만 나는 다시 잠들 수가 없었다. 이불에서 풍기는 퀴퀴한 냄새, 때에 꼬질꼬질 쩔은 베개, 비닐 장판 위를 기어다니는 다족류의 벌레들, 천장 구석에 가득한 거미줄……. 이런 곳에서 내가 잠을 잤다는 말인가?

믿을 수가 없었다. 깨끗하게 잘 정돈된 내 방과 소나무 원목 향이 풍기는 푹신한 내 침대가 그리웠다.

"문지야, 자는 거야? 잠이 와?"

"아니, 그냥 누워 있는 거야. 세상모르고 잤어!"

"그치? 너도 그랬지? 와! 우리가 어떻게 이런 곳에서……."

"좀 그런데, 너무 피곤했으니까."

문지가 다시 일어나 앉았다.

"어제 저녁밥은 먹은 것 같은데? 할머니가 돈은 받았나?"

"아니! 극구 사양하셔서 끝내 못 드렸어."

"왜? 돈 싫다는 사람도 있어?"

의아해하며 물었다.

"여기서는 돈 쓸 일 없대. 우리가 찾아와 준 것만도 고맙대."

"아, 그 말은 들은 것 같다."

지항구는 또 잠에 빠져들었다. 코를 약하게 골았다.

할머니가 밥상을 들고 들어왔다. 혼자 사는 주인 할머니는 완전히 하얀 머리카락이었다. 너무 하얘 눈이 다 부셨다. 주름살이 빼곡한 얼굴은 검버섯이 피어 거무튀튀했고, 합죽한 입에 이빨이 듬성듬성 남아 있어 괴기스러웠다. 게다가 허리가 90도로 굽어 거동조차 불편했다. 언젠가 텔레비전 뉴스에서 얼핏 보았던 정신대 할머니의 모습이었다.

"반찬이 입에 맞을랑가 모르것네!"

"이만하면 진수성찬입니다. 자, 어서들 먹자."

밥상을 내려다보았다. 어제 저녁상과 똑같았다. 밥상에는 찰기가 없는 누리끼리한 밥, 미역국, 미역줄기 삶은 것, 시커먼 된장 한 종지, 이름을 알 수 없는 생선 한 마리가 놓여 있었다. 할머니의 정성을 봐서 수저를 들긴 들었으나 전혀 구미가 당기지 않았다. 구역질마저 솟구쳤다. 어제 내가 이걸 먹었다는 말이야? 놀랄 노자였다. 문지도 나와 비슷한 표정이었다. 그러나 지항구와 된장항아리는 아귀아귀 잘도 퍼먹었다. 미역줄기를 손가락으로 잡고 된장에 쿡 찍어 토끼처럼 쫑쫑쫑 잘라 먹었다. 결국 나는 밥을 두어 숟가락 떠서 미역국에 말아 퍼먹다 말았다.

"더 먹어야제! 장정이 고까짓 걸 묵고 으쌀라구?"

내가 밥 먹는 모습을 지켜보고 있던 할머니가 남은 밥을 푹 떠서 미역국에 더 말았다.

"더 먹으랑게. 이 생선도 뜯어 묵고."

"예? 예!"

"밥 떠! 내가 생선 살 올려 줄랑게."

"아니요. 제, 제가 먹을게요, 할머니!"

할머니의 눈치를 보며 꾸역꾸역 반 넘게 퍼먹었다. 복어처럼 배가 볼록 솟아올랐다.

상을 물리고 우리는 양치질과 세수를 했다. 집을 떠난 이후 처음으로 하는 세수였다. 그나마 물이 부족해 고양이 세수였다. 방으로 들어가니 기다리고 있었다는 듯 할머니가 조개 삶은 것을 가지고 왔다.

"자, 이것도 빼 묵어 봐! 살이 아주 실허게 들은 거시여."

할머니는 우리에게 무엇을 못 줘 안달이었다. 고마웠다. 하지만 배가 이미 불러 나는 조개 두 개를 빼 먹고 물러났다.

"할머니, 이 섬에 혹시 이무형이라는 할아버지 없어요? 나이는 여든둘이고요."

지항구가 조개를 씹으면서 물었다.

"할아버지? 읎어, 읎어! 여긴 다 할매들뿐이야. 영감탱이는 읎어."

"그럼 집은 여기 모여 있는 집들이 전부예요?"

이번에는 문지가 물었다.

"저기 저 언덕을 넘어가면 큰 집이 하나 있제."

"그래요? 저기 저 언덕을 넘어가면 큰 집이 있다는 거죠, 할머니?"

"그렇당게! 거그에 젊은 사람덜이 쬐께 있을까, 여그는 다 늙은 이들뿐이랑게!"

할머니는 손짓을 해 가며 그리로 가 보라고 말했다. 우리는 할머니 집에서 나와서 언덕 쪽으로 걸어갔다. 언덕으로 향하는 길은 아주 좁았다. 좌측으로는 수십 미터 낭떠러지, 우측은 험한 바위산이었다. 바람이 많은 섬이라 그런지 나무는 그리 많지 않았다. 있다고 해도 섬 정상 부근에 소복하게 몰려 있었다. 키는 크지 않았다. 대신 우리 키를 넘는 풀들은 바람에 연신 허리를 굽혔다 폈다를 반복했다. 마치 집단체조를 하는 학생들이 일시에 쓰러졌다가 동시에 일어나는 동작 같았다.

"무작정 찾아가서 뭘 어떡하지?"

"녀석이 있나 확인해야지."

"글쎄 그걸 어떻게 확인하냐고?"

내가 지항구에게 따지듯 물었다. 그에 대해 지항구는 선뜻 대답을 하지 못했다. 문지는 다소 굳은 표정으로 고개를 숙인 채 뒤따라오고 있었다.

"조용히 하고 가만가만 와!"

앞서 가던 된장항아리가 검지를 세워 입에 가져다 댔다.

길은 점점 경사가 급해져 오르기가 쉽지 않았다. 몸이 더워지고 이마에 땀이 맺히기 시작했다.

"문지야, 조심해! 한 발만 헛디뎌도 저 아래로 그냥 뚝이야."

"알아. 너도 조심해!"

"있다."

저만큼 앞서 가던 된장이 낮게 소리쳤다. 우리가 서둘러 그에게로 다가갔다.

"뭐가 있어요?"

"저 아래 해변가에 집이 있잖아."

정말 있었다. 언덕 아래 해변과 가까운 평지에 집이 있었다. 달랑 한 채지만 상당히 컸다. 할머니가 큰 집이 있다고 해서 마을 집들보다 조금 더 크겠거니 생각했었는데, 그게 아니었다. 슬래브 형으로 튼튼하게 지은 아주 큰 이층집이었다. 게다가 지은 지 10년도 되지 않은 듯 겉모습이 깨끗했다. 포구에 있던 코딱지만 한 집들에 비하면 대저택이나 다름없었다.

"일단 왔으니, 좀 더 내려가서 자세히 살펴봐요."

"그래요, 아빠!"

"아니야. 내려가면 위험할지도 몰라. 카메라 이리 줘 봐."

문지가 목에 걸고 있던 카메라를 벗어 된장에게 건넸다.

"망원렌즈로 보면 상세히 볼 수 있어. 자세 더 낮춰!"

된장이 언덕 아래 이층집을 살폈다. 렌즈를 조절해 가며 자세히 살폈다.

"와우! 뭐야, 저 집?"

"왜요?"

"어마어마해. 풀장도 있고, 별도 선착장도 있고, 고급 보트도 하나 있어. 서울 큰 기업의 회장님 별장인가 봐."

육안으로 보기에도 잘 가꿔진 정원까지 치면 입이 떡 벌어지는 규모였다. 경치 좋은 곳에 큼직하고 멋진 집이라? 아주 환상적이었다.

"저 위쪽으로 길쭉한 창고 건물도 한 채 있고, 돼지우리도 있고, 그런데 사람은 한 명도 안 보인다."

"더우니까 밖에 안 나왔나 보지요."

"살금살금 접근해 보자. 갈대풀들 때문에 잘 안 보여."

우리는 언덕을 완전히 넘어서 아래로 내려갔다. 길은 조금 넓어지는 듯했으나 경사는 더욱 급했다. 지그재그로 얼마쯤 내려갔을 때였다. 위에서는 보이지 않던 철조망이 나타났다. 2.5미터 정도 높이로 촘촘하게 설치된 철조망은 좌우로 끝없이 이어져 있었다. 그리고 철조망 중간쯤 높이에는 '접근 금지. 초고압 전류가 흐르고 있음'이라 쓰인 경고 팻말이 달려 있었다.

"접근 금지? 초고압 전류? 좀 으스스해요, 아빠!"

"저기! 2층 창문에 사람이 나타났어요."

내가 외치자 된장항아리가 철조망으로 바짝 다가가 망원 카메라를 들이댔다.

"아무도 없는데. 사람은 안 보여."

"어? 좀 전에 분명히 있었는데? 그럼 유령의 집인가?"

그 말이 막 끝났을 때였다.

"거기 누구야?"

철조망 좌측에서 누구냐고 묻는 소리가 들려왔다. 바위에 가려져 사람은 보이지 않았다. 하지만 누군가가 다급하게 다가오는 발자국 소리가 점점 커졌다.

"도망!"

그 소리를 치며 나는 후다닥 왔던 길로 뛰어올랐다. 지항구와 채문지도 덩달아 따라 뛰었다. 된장항아리도 뒤늦게 뒤뚱뒤뚱 쫓아왔다. 언덕으로 곧장 올라가면 아무래도 들킬 것 같아 좌측 풀숲으로 들어가 쪼그려 앉았다.

"누구냐고? 이리 나와 봐!"

우리는 숨소리를 죽이고 손가락 하나 움직이지 않았다. 한동안 아무 말도 들리지 않았다.

조심스레 풀잎 사이로 아래쪽을 살폈다. 20여 미터 아래에 한 사람이 우리를 향해 권총을 겨냥하고 서 있었다. 검은색 모자를 쓰고 카키색 옷을 입은 30대 중반쯤의 사내였다. 눈빛이 매우 날카로웠다. 왼쪽 어깨에 무전기가 있는 걸로 보아 사설경비원 같았다.

"뭐 하는 놈들이야? 왜 남의 집에 접근하려고 그래?"

경비원이 다시 소리쳐 물었다. 우리는 잠자코 있었다. 다행히 경비원은 위로 올라오지 않고 제자리에서만 두리번거렸다.

"이쪽으로는 다신 접근하지 마! 잡히면 바닷물에 즉시 집어 처넣을 테니까."

경비원이 우리 들으라고 고함치는 소리가 섬에 메아리쳤다.

"가스총으로 무장한 경비원이라? 뭔가 냄새가 난다. 높은 데 올라가서 좀 더 살펴봐야겠어. 따라와!"

된장항아리가 산 정상 쪽으로 방향을 잡았다. 하지만 풀숲이 우거져 발걸음을 떼어 놓기조차 힘들었다.

"저 꼭대기까지 가야 집이 잘 내려다보일 것 같은데요, 선생님!"

"그래! 저기서 봐야 자세히 살필 수 있어. 힘내자!"

나는 된장항아리를 따라잡고, 맨 앞에 서서 풀숲을 헤쳐 나갔다. 제일 먼저 정상에 올라야지! 그에게 나도 뭔가 할 수 있다는 걸 보여 주고 싶은 우쭐한 마음에서였다. 하지만 좀체 속도가 나지 않았다. 날카로운 풀잎이 손등과 목, 얼굴을 마구 베어 금세 상처투성이가 되었다. 그래도 죽기 살기로 정상을 향해 나아갔다.

한참 만에 빽빽한 풀숲을 빠져나왔다. 그러자 뾰족한 바위들이 앞길을 막았다. 바위를 돌고, 넘고, 건너뛰며 오르고 또 올랐다. 온몸에 땀이 흘러 옷이 흠뻑 젖어 버렸다. 목이 타는 듯 말랐다. 다리 힘을 너무 써서 근육이 경련을 일으켰다.

"자세 낮추고. 저쪽으로."

뾰족 바위 지역을 지나자 둥근 바위 지역이 나타났다. 걷기가 한결 수월했다. 그리고 이제까지와는 달리 경사도 완만해 힘도 덜 들었다.

"선생님, 저 소나무 숲에 들어가서 살피죠."

정상 부근 빼곡한 소나무 숲 한가운데를 가리키며 내가 말했다.

"그래! 저기가 좋겠다."

나는 젖 먹던 힘까지 발휘해 소나무 숲을 향해 걸어갔다. 된장이 3, 4미터 뒤에서 따라왔고, 문지는 20여 미터나 처져 있었다. 항구는 문지 뒤에서 이따금 문지를 부축하며 올라오는 중이었다.

"아이고! 나 죽는다!"

소나무 숲에 이르자마자 나는 마른 풀 무더기에 쓰러지듯 앉았다. 된장은 배낭을 벗고 소나무에 기대앉아 거친 숨을 몰아쉬었다. 그는 나보다 땀을 더 많이 흘려 물에 빠진 생쥐 꼴이었다. 도저히 더위를 참을 수 없었던지 된장은 선글라스를 벗고, 정글모자도 벗었다. 그러고는 가발까지도 벗어 발치에 툭 던졌다. 소나무 사이로 비쳐든 햇살이 그의 번들번들한 머리에 반사돼 눈을 부시게 했다.

얼마 뒤 지항구와 채문지도 내 옆으로 와 앉아 거친 숨을 몰아쉬었다.

"자, 물 좀 마셔라!"

된장이 배낭에서 생수병을 꺼내 문지에게 건넸다. 문지가 받아 벌컥벌컥 마시고, 항구가 마시고, 내가 마신 다음에 마지막으로 된장이 마셨다. 1.8리터들이 생수병이 금세 비워졌다.

나는 아예 큰대자로 누워 총 맞은 사자처럼 혀까지 빼내 물고 숨을 헐떡였다. 한참이 지나서야 땀이 식고 숨도 제자리로 돌아왔다. 햇빛이 쟁쟁했으나 워낙 소나무가 빽빽해 그다지 밝지는 못했다. 소나무 사이로 불어오는 바닷바람이 시원하고 상쾌했다.

숨을 돌린 된장이 땅바닥에 납작 엎드렸다. 그러고는 망원 카메라로 이층집을 살폈다.

"초소가 있다. 모두 네 개야. 철조망 왼쪽 끝 바닷가에 하나, 오른쪽 끝 언덕에 하나, 나머지 두 개는 바로 이 산 밑에 약 40~50미터 간격으로 있어."

된장이 마치 현장 중계방송을 하는 아나운서처럼 상세히 말했다.

"철조망도 높고 촘촘해. 빈틈이 없어 보여. 대체 왜 저렇게까지 경비를 철저히 하는 걸까?"

"뭔가 감추고 싶은 게 있다는 얘기잖아요?"

"그렇지! 바로 그거야."

지항구의 말에 된장항아리가 고개를 크게 끄덕거렸다.

"근데 이게 뭐야?"

문지가 깔고 앉은 풀무더기 틈에서 무언가를 빼내 요리조리 살폈다. 길쭉하니 하얀 것이었다.

"나무토막이지, 뭐긴 뭐야!"

나는 누운 자세 그대로 문지가 들고 있는 것을 바라보며 아는체를 했다.

"저 소나무 가지가 바람에 꺾여 떨어진 뒤, 오랜 세월 비를 맞아 껍질이 까져 가지고, 색이 그렇게 하얗게 바랜 거라고. 내 추리가 틀림없어!"

"그래! 그런 것 같다."

내 추리를 지항구도 인정하고 나섰다.

"감촉이 나무토막이 아니야. 그럼 이건 또 뭐야?"

문지가 풀무더기 틈에서 또 다른 무언가를 끄집어냈다. 좀 전 것보다 가늘고 완만하게 굽어 있었다. 색깔은 비슷해 연한 회색이었다.

"이 안에 많아!"

"응?"

지항구가 받아 들고 살폈다. 그러더니 풀무더기 틈에 손을 넣어 비슷한 것 한 개를 더 꺼냈다.

"은표야, 일어나서 비켜 봐."

"왜? 뭔데 그래? 나, 이대로 좀 더 쉴래!"

"그럼 머리라도 들어 봐."

머리를 살짝 들어 주었다. 항구가 손을 뻗어 내가 베고 있던 풀무더기를 헤쳤다. 그러더니 눈을 휘둥그렇게 뜨고 입을 크게 벌렸다. 채문지도 양쪽 눈이 왕방울보다 더 커져 있었다.

"왜 그래?"

나는 옆으로 몸을 돌려 풀 무더기 속을 내려다보았다.

"악!"

외마디 비명을 지르며 벌떡 일어났다.

"조용히!"

된장항아리가 주의를 줬다.

"저 밑 경비원이 소리를 들었어. 망원경을 들어 이쪽을 살피고 있어. 어? 어딘가로 무전을 하면서 손가락으로 이쪽을 가리킨다. 이리 올라올 모양이야. 안 되겠다."

된장이 엎드린 자세 그대로 뒷걸음질을 치다가 일어섰다.

"서, 선생님, 여, 여기 해……."

"지금 빨리 도망가야 돼. 녀석들이 올라올 거야."

내가 가리키는 곳은 바라보지도 않고 된장은 가발을 먼저 쓴 다음, 정글모자를 쓰고 배낭을 둘러멨다.

"빨리 따라와!"

그러고는 앞장서 산을 내려갔다. 문지와 항구가 그를 따랐다. 나는 두려움에 떨면서도 다시 한 번 풀무더기를 살폈다.

"으아악!"

또 비명을 내지름과 동시에 뒤도 돌아보지 않고 산 아래로 뛰었다. 우리는 넘어지고 구르고를 반복하면서 앞서거니 뒤서거니 무작정 달렸다. 길이고 뭐고 가릴 것 없이 오로지 아래로 아래로 내려갔다. 다시 이마에 땀이 맺히고, 무릎이 까지고, 얼굴이며 목덜미, 손등이 긁혀 온통 상처투성이였다. 바지도 두어 군데 찢어진 것 같았다. 한참 만에 우리는 바닷가 돌밭에 도달했다.

"해, 해골 맞지? 아까 우리가 본 게."

지항구가 고개를 끄덕였다. 채문지도 따라 끄덕였다.

"뭐? 해골? 해골이 거기 왜 있어?"

된장항아리는 믿지 않았다.

"정말 해골이었어요."

"웃기지 말고 마을로 가는 길이나 찾아!"

그 말을 남기고 된장은 저만치 걸어갔다. 우리도 그를 따랐다.

"그게 그럼 누가 죽여서 그곳에 그렇게 숨겨 놓았다는 거잖아?"

"응! 오래전에."

"그러면 내가 해골을 베고 누워 있었다는 얘기네?"

"그렇지!"

상거지 소굴 같은 집에서 잠을 자더니 이제 해골을 베고 누워 쉬기까지? 등골이 오싹했다.

"와! 내가 당나라로 유학 가는 원효대사도 아니고. 무섭다."

발목이 삐끗삐끗하는 돌덩이를 밟으며 걷고 또 걸었다. 바위를 타넘고, 절벽을 오르내리고, 산으로 올랐다가 다시 내려오고. 길이 아닌 곳을 걸으려니 걸음 속도가 거북이걸음보다 느렸다. 가도 가도 끝이 없었다. 산 넘어 산 강 건너 강이었다.

"이러다 섬을 한 바퀴 돌겠다."

"두 시간 넘게 걸었는데, 마을은 왜 안 나오지?"

나와 문지는 힘이 빠져 자주 쉬는데, 지항구는 성큼성큼 잘도 걸었다. 거리 차이가 40미터 정도나 되었다. 그 앞 10미터쯤엔 된장이 가고 있었다.

"빨리 와! 저기 사람이 있어."

된장항아리가 소리쳤다. 사람? 사람이라니? 이렇게 반가울 수가? 맨 뒤에 걷던 나는 문지를 따라잡고 그곳으로 뛰었다. 내가 언제 사람을 반가워했었던가? 참, 알다가도 모를 일이었다.

"어디요? 사람이 어디 있어요?"

"저기, 바다에."

지항구가 가리키는 손가락을 따라 시선을 바다로 옮겼다. 하지만 사람은 보이지 않았다. 보이는 거라고는 검푸른 바다와 뾰족뾰족 솟은 바위 몇 개와 갈매기 떼뿐이었다.

"없잖아!"

"저기 뾰족 바위 사이에 배 보이지? 좀 전에 그곳에 두 명 있었어."

"바닷가로 조금 더 가까이 가서 보자."

된장항아리가 둥근 바위들을 징검다리 삼아 건너뛰면서 바닷가로 나갔다. 나와 문지, 항구도 똑같이 따라 했다.

"어? 정말 있네!"

정말이었다. 두 사람이 뾰족 바위 밑부분에 앉아서 무언가를 채취하고 있었다. 그러고는 채취한 것을 배에 자꾸 실었다.

"한 사람은 할머니고 또 한 사람은 남자 같은데 모자를 써서……."

문지가 눈을 가늘게 뜨고 자세히 살폈다. 거리가 한 70미터 되었고 자꾸 앞쪽 바위에 가려져 정확히 보이지가 않았다. 된장항아리가 망원렌즈로 보려는 순간 문지가 외쳤다.

"어? 그 사람이야! 그 사람."

"그 사람이라니?"

"왜 있잖아? 어제 함께 태산호 타고 왔던 그, 그 군인!"

"군인?"

진짜 그 휴가 군인이었다. 감청색 티셔츠에 하늘색 모자를 쓰고 있었지만 분명히 그 군인이었다. 군인이 할머니 한 명과 함께 미역을 채취하는 중이었다.

"저 군인, 어제 우리를 보는 눈이 곱지 않았어!"

"그래? 그럼 그놈들과 한패가 아닐까?"

"그럴지도 모르지!"

군인을 부르지도 못하고, 그렇다고 그냥 가지도 못하고 우물쭈물하며 서 있었다.

"우리를 봤어. 군인이 우리를 봤다고."

"그럼 어떡해? 숨어?"

군인이 바위 위에 똑바로 서서 우리를 바라보고 있었다. 잠시 그러더니 다시 허리를 굽혀 미역 채취를 계속했다.

"어? 다시 미역을 채취하는데."

"그러면 그놈들과 한패가 아니라는 건데?"

"부르자! 불러서 도움을 청하자! 길도 아닌 길은 돌아다니느라 발목이 부러질 지경이야."

"그래! 산꼭대기 소나무 숲, 그 해골도 말해 주고."

우리는 입을 모아 군인을 불러 댔다.

"아저씨!"

"군인 아저씨!"

"도와주세요!"

서너 차례 부르자 할머니가 먼저 허리를 폈다. 군인은 여전히 미역 채취에 열중이었다. 충분히 들릴 정도로 크게 소리쳤는데도 이쪽을 돌아보지 않았다. 할머니가 군인에게 뭐라 말을 건넸다. 그제야 군인도 다시 허리를 펴고 우리를 바라보았다. 그러더니 배를 타고 우리를 향해 노를 저어 오기 시작했다.

"온다. 온다. 우리 쪽으로 온다."

"혹시 모르니까 달아날 준비하고 있어."

된장항아리가 나지막이 말했다. 우리는 만약의 경우를 대비해 경계심을 풀지 않았다.

잠시 후 배가 가까이 다가왔다. 어제 타고 온 그 태산호보다 훨씬 작고 훨씬 더 낡은 조각배였다. 바다에 떠 있다는 게 신기할 정도였다. 하지만 뒤쪽에 모터가 달려 있었다. 그러니까 꼴에 모터보트였다. 모터를 두고 노를 저어 오다니? 웃겼다. 망가진 모양이었다.

"아이구! 으찌 이런 딜 다 왔다냐? 싸게 타! 싸게!"

할머니가 어서 타라고 손짓을 했다. 지난밤 잠을 잤던 그 파란 지붕 집 할머니보다는 많이 젊은 할머니였다. 그러나 얼굴 가득한 주름살은 매한가지였다.

"고맙습니다."

우리가 올라타자 배가 밑으로 쑥 들어갔다. 바닷물이 배 난간에 찰랑찰랑했다. 휴가 군인이 채취한 미역을 3분의 1정도 바다에 버렸다. 그래도 별반 나아지지 않았다. 그나마 할머니와 군인이 마른 체형이라 다행이었다.

"2인승 보튼데 여러 명이 타서 그렇구만. 죄송합니다, 할머니. 제가 원체 무게가 나가서요."

"미역은 다시 걸어 올리믄 되는 거셔. 괜찮여."

군인이 눈짓으로 자리를 지정해 주었다. 한쪽에 치우쳐 앉지 말고 퍼져 앉으라는 것이었다. 우리는 배 좌우편으로 떨어져 앉아 무게가 한쪽으로 쏠리지 않도록 했다.

"으짜야 쓰까? 얼굴이매 손등에 상채기가 까득이고마! 쯧쯧!"

할머니는 우리를 살펴보며 혀를 끌끌 찼다. 풀에 베이고 나뭇가지에 긁힌 상처가 한둘이 아니었다. 내 바지는 물론 문지의 청바지도 두어 곳 찢어져 있었다.

"이짝으로는 길이 읎어놔서 배를 타고 와야 허는디, 으째 이짝으루 온 거시다냐?"

"저 산을 넘어왔어요, 할머니."

"뭐시라고라? 저 흠헌 산을? 으마야! 죽을라고 환장을 헌 것이제. 아, 거그가 어디라고 거그까정 끼어올라갔다냐? 여그 사는 우리 덜도 잘 못 올라가는 디를."

휴가 군인 어머니는 우리를 일일이 살펴보며 혀를 내둘렀다. 하지만 휴가 군인은 무뚝뚝한 표정으로 말 한마디 하지 않았다.

# 잠입

    의심의 눈초리를 번득이던 휴가 군인이 노를 저어 배를 뒤로 뺐다. 그러더니 다시 옆으로 돌려 좌측으로 향했다. 그리고 모터에 있는 로프를 잡고 힘껏 당겼다. 시동로프인 모양인데 시동이 걸리지 않았다. 나는 청평 별장에서 아버지 보트를 조종해 본 적이 있었기에, 내가 해 보겠다고 말하려다가 그만두었다. 군인은 반복해서 로프를 당겼다. 그렇게 몇 번을 한 다음에야 겨우 시동이 걸렸다. 배가 속력을 냈다. 하지만 우리들의 몸무게 때문인지 조금 빠르게 걷는 속도밖에 나지 않았다. 바닷물이 조금씩 넘어 들어오자 오히려 그 속도마저 줄여야 했다. 그 속도로 섬을 빙 돌아 한참을 가서야 멀리 마을이 보였다.

    “저, 저, 할머니!”

나는 휴가 군인의 눈치를 살피면서 조심스레 할머니를 불렀다.

"잉? 뭐시여? 싸게 말혀 봐!"

"저기 저 산꼭대기 숲 속에요. 시, 시체가 있어요."

"시체? 시체가 뭐시다냐?"

할머니가 휴가 군인에게 물었다.

"송장이오, 엄니!"

"송장? 으마야! 송장이 와 거그에 있다냐? 참말루 본 거시여?"

"예! 정말이에요. 저는 시체 위에 한참이나 누워 있었어요."

내 말에 휴가 군인이 씨익 웃었다. 어이가 없다는 뜻이 담긴 웃음이었다. 그 웃음을 지우지 않고 그가 말을 이었다.

"아마, 저 위 풍장터를 보고 하는 소린가 봐요."

"이잉! 거그. 거그 그거는 풍장을 혀 놓은 거여."

"풍장이오?"

우리는 거의 동시에 물었다. 된장항아리도 풍장이라는 소리에 군인을 돌아보았다. 그도 모르는 모양이었다.

"이 지역 장례 풍속이야. 초장이라고도 하지. 바다에 버려 물고기 밥이 되게 할 수는 없고……. 매장할 곳이 마땅치 않아서 사람이 죽으면 그곳에 시신을 풀로 덮어 둬. 그랬다가 2, 3년 후에 뼈만 남았을 때 거둬서 조그마한 구덩이를 파고 묻어 주거나, 아니면 그냥 돌멩이를 수북하게 쌓아 주거나."

군인이 자세한 설명을 해 주었다. 그러나 말투는 여전히 쌀쌀했다.

"하지만 그것도 후손이 있을 때 얘기고 후손이 없으면 그렇게 방치해 두곤 해! 아마 그런 게 거기 여럿 있었을 텐데?"

"예! 여기저기 서너 개 있었던 것 같아요."

"예전엔 안 그랬는데. 이젠 젊은 사람들은 다 떠나고 노인들만 있게 되어서 거기까지 올라가 뼈를 수습해 주지도 못해."

그런 장례 풍속도 있다는 걸 우리는 처음 알았다. 된장항아리도 놀랍다는 표정으로 연신 고개를 끄덕거렸다.

배를 바닷가 모래사장에 대 놓고 내렸다. 우리는 미역을 한 묶음씩 들고 휴가 군인 집으로 들어갔다.

"고놈은 여그 놔두고, 쩌그 마루에 앉아 쉬어!"

미역을 마루 평상에 쌓아 두고, 우리는 마루로 가 나란히 앉았다.

군인과 군인 어머니는 마당 빨랫줄에 부지런히 미역을 널었다. 돌담에는 이미 어느 정도 마른 미역이 빙 둘러 걸려 있었다.

"이저 어여 방으로 들어가 약 좀 발라! 난 쩌그 밭에 좀 가 볼랑게."

할머니는 집 밖으로 나가고 된장항아리는 돌담 옆에 서서 바다를 살폈다. 우리는 군인을 따라 방으로 들어갔다. 어제 그 백발 할머니네 방에 비하면 훨씬 깨끗했다. 그래도 나는 여전히 그런 집이 께름칙했다.

방바닥에 앉자, 군인이 소독약을 들고 물었다.

"너희, 대학생 아니지? 나이가 어려 보여! 아무리 봐도 고딩 같은데?"

"……!"

휴가 군인이 단도직입적으로 묻는 말에 우리는 아무도 대답을 못했다. 서로의 눈치만 보며 마른 침만 삼킬 뿐이었다.

"갈매기 찍으러 온 거 아니지? 셋이 다 조류학과 다닌다면서 카메라를 달랑 하나 가지고 갈매기를 찍으러 와? 교대로 사진을 찍나?"

"……!"

"또 갈매기를 찍으러 왔다면서 산꼭대기는 왜 올라가?"

휴가 군인이 연속적으로 질문을 퍼부었다. 겉보기에는 그렇게 생기지 않았는데, 대단한 관찰력이었다.

군인을 유심히 살펴보던 채문지가 목청을 가다듬었다.

"저기 언덕 너머 이층집 아세요?"

"알지!"

"그 집이랑 무슨 관련이 있는 건 아니죠?"

"그 집이랑? 내가 미쳤나? 전혀 관련 없어!"

군인이 세차게 고개를 가로저었다.

"그렇다면 솔직히 말할게요. 도와주세요."

"일단 얘기를 해 봐!"

"네! 우린 대학생이 아니라 고등학교 1학년이에요."

"그럴 줄 알았어! 저기 밖에 저 사람은?"

"제 아빠예요! 우리가 여기에 온 것은……."

채문지는 그동안의 얘기를 사실대로 다 털어놓았다.

"그래서 섬 저쪽 큰 집 있는 곳까지 갔었다고?"

휴가 군인이 놀란 목소리로 물었다.

"예! 거기 갔다가 경비원에게 쫓겨서 산 위로 도망쳤던 거예요."

"총도 가지고 있더라고요, 가스총요!"

휴가 군인은 아무 말없이 눈을 좌우로 몇 번 움직였다. 한참 동안 입을 굳게 다물고 말없이 있었다.

된장항아리가 방으로 들어왔다. 군인이 가볍게 고개를 숙여 인사를 했다. 문지가 사실대로 털어놓고 도움을 청했노라 말했다.

"응! 잘했어! 우리를 좀 도와주게. 매우 급한 일이야."

된장항아리가 휴가 군인에게 다시 정중히 부탁을 했다. 휴가 군인이 드디어 입을 열었다. 다소 무거운 목소리였다.

"그 집주인이 황 사장이라는 사람인데, 50대 초반입니다. 이 섬의 거의 절반이 그 사람 땅이고요. 지금도 막 사들이고 있습니다. 이 섬에 들어온 지 6, 7년쯤 되었어요. 처음엔 그렇게 큰 부자가 아니었어요. 다 낡아빠진 소형 새우잡이 어선 한 척이 전부였고. 집도 조그맣게 대충 지은 집이었고. 그런데……."

"그런데요?"

문지가 눈을 반짝였다.

"그런데 갑자기 재산이 막 불어나, 지금은 중형 어선을 한 척 더 샀고 쾌속 전용보트도 한 척 있어요. 집도 그렇게 으리으리하게 2 층으로 짓고 부속 건물도 짓고, 땅도 막 사들이더라고요. 새우잡이 가 썩 잘되는 것 같지는 않은데 그래요. 아마 그거 말고 다른 사업을 하는 게 또 있나 봐요!"

군인은 잠시 말을 멈추고 고개를 갸웃거렸다.

"돈이 그렇게 많으면 목포나 광주에 나가 살지, 왜 이 섬에다 땅을 사고 건물을 지을까? 개인 선착장도 크게 만들고. 그 넓은 땅에 철조 망을 둘러치고 사설 경비원까지 고용해서 배치하고. 다른 사람들은 뭍으로 못 나가서 안달인데? 그 점이 조금 이상하기는 해요!"

"듣고 보니 정말 이상하네요."

항구가 말을 받았다.

"왜 어마어마한 돈을 들여서 그렇게까지 하느냐, 이겁니다. 다른 섬에 비해 딱히 풍광이 좋은 것도 아닌데. 게다가 바람 심하지, 식수 부족하지, 통신도 안 되지."

"통신이 안 돼요?"

문지가 큰 소리로 물었다.

"일반 전화야 되긴 되지만 자주 끊겨! 휴대폰은 아예 안 돼! 휴대폰은 저기 상풍도에 가야 돼! 그나마 통화 음질도 좋지 않아."

문지와 항구가 주머니에서 휴대폰을 꺼내 확인해 보았다. 정말 통화권 이탈로 표시되었다. 된장의 휴대폰도 마찬가지였다.

"전파 중계기가 아예 없어요. 원래 이 전기도 안 들어왔었는데, 그 황 사장이 개인 발전 시설을 해서 마을에 대 주는 겁니다, 공짜로."

"공짜로?"

"예! 전기뿐만이 아니라 해마다 명절이면 과일 상자나 의복을 집집마다 돌려요. 식구 수대로. 이거, 내가 입고 있는 이 옷하고 바지도 황 사장이 돌린 겁니다. 또 집과 땅을 자기한테 팔고 이사를 가는 사람한테는 이사 비용 하라면서 웃돈을 얹어 주기도 하고. 그런 걸 보면 또 아주 착한 사람 같기도 합니다."

헷갈렸다. 군인의 말로 판단해 보면, 땅을 사들여 자기 집터를 넓히고 있다는 것 외에 별달리 이상한 점은 없었다. 부자들이야 큰 섬을 통째로 사서 개인 왕국을 만들 수도 있는 거니까. 전에 인터 넷을 통해 외국 사례를 본 적이 있었다. 그에 비해 손바닥만 한 하풍도는 새발의 피였다.

"이 섬에 원래 딱 스물한 집이 있었는데, 옛날부터 한 집 두 집 나가기는 했어요. 그러다 황 사장이 들어오고부터 왕창왕창 떠났지요. 집과 땅을 시세보다 높은 가격에 사 주고 웃돈까지 주는데 누가 안 가겠어요? 그래서 지금은 남은 집이 아홉 집입니다. 그나마 다섯 집도 곧 떠난대요. 그러면 우리 집하고 어제 주무셨다는 그 할머니 집하고 또 다른 두 집, 그렇게 네 집만 남는 거지요. 우리도 광주에 사는 누나가 자꾸 팔아치우고 나오라고 하는데, 저하고 엄마는 이 섬을 떠나고 싶지 않아요."

"왜요, 오빠? 도시가 낫지 않아요?"

"나도 열일곱 살에 뭍으로 나가서 도시 생활을 한 5년 해 봤는데, 싫더라고. 창원에서 야간고를 다녔고, 회사에서 보내 주는 야간대학도 1년 다녀 봤어. 다 별로였어! 그냥 내가 태어나고 자란 이 섬에서 엄마랑 살고 싶어! 평생 미역이나 뜯고 조개나 캐더라도 나는 여기가 좋아. 나는 오로지 이 섬에서만 자유를 느끼고 마음이 평온해져."

그럴 수도 있겠구나 생각은 했지만, 솔직히 나는 이해가 되지 않았다. 이런 외지고 작은 섬에서 어떻게 살아? 지가 무슨 로빈슨 크루소도 아니고?

"그런데 그 집주인이 정말 황 씨예요? 혹시 이 씨는 아닌가요?"

"아니! 틀림없이 황 씨야. 이곳 사람들은 다 그렇게 알고 있어."

"오빠, 그 집에 할아버지는 없어요? 이무형이라고 아주 고령의 노인요."

문지가 군인을 오빠라고 호칭하며 조심스레 물었다.

"놈은 만주에서 독립군 토벌대를 이끌었던 이조일의 손자입니다. 해방 후에는 자기 아버지 이용우를 도와 애국지사들에 대한 온갖 모함과 테러를 주도했던 아주 악명 높은 놈입니다. 최근까지도 나쁜 짓을 숨어서 지시하고 있어요."

항구가 놈에 대해 설명을 덧붙였다.

"그런데 신변의 위험을 느낀 놈이 선조들에게 물려받은 어마어마한 재산을 처분하고 캐나다로 이민을 떠났다고 공식 기록에 나와 있습니다. 하지만 떠난 게 아니라 국내에 숨어 있다는 정보를 입수했습니다. 재산도 여기저기 은닉해 놓았고요."

"이무형? 고령의 할아버지에 대해서는 본 적도 들은 적도 없어."

모두 실망스런 표정을 지었다. 그것 봐! 허방다리 짚은 거지! 우선 성씨부터가 틀리잖아. 나는 속으로 중얼거렸다. 이게 무슨 개고생이야! 빨리 돌아가자고. 돌아가서 좀 더 확실한 다른 정보를 기다리자고. 그러면서도 다른 한편으로는 직접 들어가 확인을 해 보고 싶기도 했다.

"저도 황 사장에 대해서 큰 불만 없습니다. 동네 사람들도 다 그를 좋아하고요. 제 추측엔 아마 그렇게 좋은 일을 해서 이름을 널리 알린 뒤 군의원이나 도의원에 출마할 거 같아요. 상풍도에 널찍한 노인 회관이 하나 있는데 그것도 그 사람이 지어 준 겁니다. 겨울엔 난방비도 백만 원 넘게 대 준답니다. 그 사람 면에, 군에, 경찰에도 돈 많이 쓴대요. 작년에는 군수 표창까지 받았다고 하더라고요."

휴가 군인이 된장을 보며 말하자 된장항아리가 고개를 끄덕였다.

"음! 그랬군!"

휴가 군인이 다시 문지를 보며 말했다.

"그런데, 혹 그자가 그 집에 있다고 해도 그를 찾아서 뭘 하려고?"

"예? 아니, 그, 저……."

문지가 대답을 못하고 더듬거렸다. 그러자 된장이 끼어들었다.

"뭘 어떻게 하겠다는 게 아니고, 그 정보의 사실 여부를 확인하려고 그러는 거야."

"아마 잘못된 정보일 겁니다. 잘은 모르지만 황 사장하고는 관련이 없는 정보 같아요."

"그래도 여기까지 왔으니 확실히 알아보고 싶어요. 좋은 방법 없을까요?"

항구가 군인을 똑바로 바라보았다.

"가장 확실한 방법은 직접 그 집에 들어가서 알아보는 건데……. 근데 접근이 쉽지 않을 텐데? 더욱이 한 번 들켰으니 경비가 더욱 삼엄해질 테고."

"그래서 걱정이에요."

"나도 그 집에 가 본 적이 없어. 배를 타고 멀찍이 지나간 적은 두어 번 있지만. 별 도움이 못 돼서 미안하다."

휴가 군인 엄마가 점심을 먹고 가라는 걸 사양하고 우리는 그

집을 나섰다. 나는 계속 그 휴가 군인이 의심스러웠다. 눈꼬리가 위로 살짝 올라간 게 그리 좋은 인상이 아니었다. 말하는 내내 자꾸 무언가를 생각하는 듯한 표정도 마음에 걸렸다. 자기 말로는 하풍도에서 죽을 때까지 살고 싶다고 했으나 황 사장에게 집값과 이사 비용을 더 받아 내려고 버티는 모양새였다. 속으로 그것을 재보는 게 틀림없었다.

우리는 곧장 백발 할머니 집으로 갔다. 점심때가 지나 오후 3시가 다 되어 있었다.

"할머니, 얼른 밥 좀 해 주세요. 먹고 갈 데가 있습니다."

"이제 돌아가야지. 어딜 가?"

된장이 항구에게 물었다.

"그냥 이대로 돌아갈 수는 없어요?"

항구의 목소리가 뻣뻣했다.

"잘못된 정보일 수도 있어. 아까 그 군인도 말했잖아? 성씨도 다르고, 노인도 없다고 그러고……."

"아니에요, 아빠! 그냥 이대로 돌아가면 안 돼요. 타고 나갈 배도 없잖아요?"

"그냥 여기서 하룻밤 더 자고 내일이나 모레 떠나면 되지! 그 집엔 가지 말고. 다 너희들의 안전을 위해서 이러는 거야."

흥! 문지의 안전을 위해서겠지. 속으로 콧방귀를 뀌고 나서 나도 한마디 했다.

"그럼 선생님은 문지를 데리고 먼저 가세요. 나는 항구와 좀 더 알아볼 테니까요."

"나를 데리고 먼저? 그건 또 뭔 소리야?"

문지가 눈을 흘겼다.

"그게 저, 선생님이 네 걱정을 너무 하시니까……."

"나는 안 가!"

짤막한 말로 자신의 의사를 분명하게 표시한 문지는 방으로 들어가 버렸다.

"야, 문지야."

된장이 곧바로 따라 들어갔다.

"고맙다, 모은표!"

"고맙기는 뭐, 친구지간에."

나는 왠지 항구에게 커다란 빚을 지고 있다는 생각이 자꾸 들었다. 그게 내가 직접 진 빚이 아니라고 해도, 그를 도와야만 그 빚을 조금이나마 갚을 수 있는 길이라 여겨졌다. 종로 지하실 벽에 붙어 있던 고모할머니의 사진이 눈앞에 어른거렸다.

할머니가 늦은 점심을 차려 내주었다. 아침과 똑같은 반찬이었다. 하지만 이번에 나는 할머니의 성의를 생각해서 맛있게 먹었다. 된장은 밥 먹는 내내 돌아가자고 우리를 설득했다. 그러나 우리의 결심은 확고부동했다.

"좋아! 그럼 살짝 들어가서 확인만 하고 얼른 나와야 한다?"

"예! 그렇게 하겠습니다."

밥을 먹은 뒤 문지가 설거지를 하고 항구는 땔감을 부엌으로 들였다. 된장항아리는 대문 밖에 나가 이층집으로 통하는 언덕길을 유심히 살펴보고 있었다. 나는 백발 할머니의 등을 두드려 주고 손발을 주물러 주었다. 하얀 머리카락, 쪼글쪼글한 얼굴, 뼈만 앙상한 할머니의 몸을 만지리라고는 꿈에서조차 생각하지 못한 일이었다. 친할머니나 외할머니한테도 안기지 않던 나였다.

치매기가 있다는 백발 할머니는 내가 정말 아들인 줄 알고 잠시도 내게서 눈을 떼지 않았다. 서른세 살 때, 남편과 장남을 바다에다 잃었다는 할머니의 눈동자를 가만히 들여다보았다. 검푸른 바다가 펼쳐져 있었다. 한평생을 남편과 아들을 기다리며 바라보았을 바다가 고스란히 담겨져 있었다. 가슴이 뭉클해졌다.

된장항아리가 할머니 몰래 10만 원 정도의 돈을 베개 밑에 놓았다. 그러고는 배낭을 멘 다음 카메라를 집어 들었다.

"너희는 이 집에서 기다리고 있어!"

"혼자 가시게요?"

내가 불만기가 섞인 목소리로 물었다.

"그래! 내가 혼자 들어가 보고 와야겠다."

그 말을 남기고 된장항아리는 성큼성큼 집 밖으로 나갔다.

"안 됩니다. 저도 가겠습니다."

항구가 따라 나갔다.

나는 갈등이 일었다. 그냥 있어야 하는 건지, 따라가야 하는 건지, 쉽게 결정할 수가 없었다.

"할머니, 저, 잠깐 바람 좀 쐬고 올게요."

"안 돼야. 밤에는 바람이 씨고 파도가 높아."

"괜찮아요. 금방 들어올 거예요."

나는 백발 할머니의 손을 반 강제로 떼어 놓았다. 그리고 벌떡 일어났다.

"문지야, 너는 여기 있어. 나도 갔다 올게."

집 밖으로 뛰어나가 그들을 뒤쫓아 갔다. 벌써 저만큼 가고 있었다.

"나도 갈래!"

문지가 뛰어왔다.

된장항아리가 몇 번이나 돌아가라고 했다. 그러나 우리는 끝까지 같이 가겠다고 우겼다. 결국 우리는 낮에 갔던 그 길을 다시 걸어올라 고갯마루에 다다랐다.

"여기서부터는 진짜 조심해야 돼. 내가 지시하는 대로 무조건 따라. 알았지?"

"예!"

입으로는 그렇게 대답했지만 속으로는 아니오!라고 말했다. 도대체 뭐를 믿고 된장항아리를 따른다는 말인가? 아무리 꼼꼼히 살펴보고, 생각을 거듭해 봐도 믿음이 가지 않았다. 둔중하고 느려 터진 몸놀림으로 뭐를 어떻게 하겠다는 건지, 알 수 없는 일이었다. 거추장스러웠다. 문지 아버지만 아니라면 당장 혼자 돌아가라 말하고 싶었다.

"아까 산 정상에서 내가 봐 둔 장소가 있어. 일단 그리로 가서 어두워질 때까지 숨어 있어야 돼. 자, 따라와!"

된장항아리는 자기가 마치 특공대 대장이라도 되는 양 명령조로 말했다. 기분이 상했다. 기다시피 해서 풀숲을 통과해 근 한 시간 만에 숨어 있을 장소에 도착했다.

"여기야. 이제 여기서 어두워질 때까지 기다리자."

멀리 수평선 아래로 해가 가라앉고 있었다. 하늘이 온통 붉은색이었다. 바다도 똑같이 붉었다. 그 가운데 3분의 1밖에 남지 않은 태양만 노랗게 빛나 마치 잘 익은 살구처럼 보였다. 서울 한강 하류 하늘공원에서 보았던 노을과는 또 다른 장관이었다. 나는 넋을 잃고 일몰 광경을 바라보았다. 문지도 하늘공원 노을이 생각나는지 시선을 돌리지 않았다.

"저기 저 큰 소나무 보이지? 가지가 철조망 안으로 벋어 있는 거. 이따가 저 가지를 타고 안으로 들어갈 거야. 저곳에 잠입하는 방법은 그 방법밖에 없어! 철조망을 뚫고 들어가려다가는 우리 모두 통닭구이가 되고 말아."

그렇게 말하는 된장항아리의 눈빛이 달라져 있었다. 독수리눈처럼 번득였다.

두 시간 정도 지났다. 흐릿한 달빛에 바다는 검게 출렁이고 있었다. 바람도 약간 불었다.

"들어가자! 경비원들이 저녁을 먹고 와서 반 시간 정도 흘렀어. 지금쯤 졸음이 솔솔 몰려들 거야. 그러니까 지금이 적시야."

된장항아리가 제법 그럴듯한 추리를 늘어놓았다.

"여기가 두 번째 초소와 세 번째 초소의 중간 지점이야. 일단 들어가면 잡풀이 많아서 몸을 숨기기도 좋아. 경사가 가파르긴 해도 우리한테 유리해."

"예! 정말 그런 것 같아요. 그런데 언제 그런 것까지 세세히 살폈어요? 선생님 군대 때 수색대에서 복무했어요? 우리 아버지가 거기 굉장히 쎄다던데?"

항구가 된장항아리의 추리와 관찰력에 감탄을 한 표정을 지었다.

"수색대? 아니, 아니야! 자, 이제 조용히 하고 접근하자."

된장항아리가 몸을 일으켰다. 곧장 소나무로 바짝 다가갔다. 양쪽 초소를 살핀 뒤 배낭을 벗어 안에서 밧줄을 꺼냈다. 등산용 로프였다. 로프를 어깨에 걸친 그가 소나무를 끌어안더니, 낑낑거리며 힘겹게 위로 올라갔다. 흡사 한 마리 어미 판다 같았다. 곧 그는 철조망 안쪽으로 벋은 소나무 가지에 길쭉이 엎드려 로프를 묶었다. 그리고 한쪽 끝을 아래로 늘어뜨렸다. 이어서 조심스레 로프에 매달렸다. 그의 몸무게로 인해 소나무 가지가 아래로 한껏 휘었다. 뚜둑! 소리까지 났다.

"어어? 저거 부러지겠다."

땅에서 가지까지의 높이는 대략 4.5미터쯤 되었다. 된장항아리의 몸무게로 가지가 휘청휘청 춤을 추었지만 다행히 부러지지는 않았다. 그가 철조망 안쪽 땅에 내려서자 휘어졌던 소나무 가지가 위로 튕겨 올라가며 다시 수평을 잡았다. 된장항아리가 자기처럼 철조망을 넘어오라는 손짓을 했다. 지항구가 소나무로 올랐다. 능숙하지는 않지만 항구도 별탈 없이 로프를 타고 안으로 들어갔다. 그리 어려워 보이지 않았다. 이제 내 차례였다. 소나무에 올라가는 데까지는 문제가 없었다. 그러나 가지에 엎드려 서너 번 기어가자 나뭇가지가 뚜둑! 소리를 냈다. 덜컥 겁이 났다.

"선생님, 가지가 부러지려고 해요."

"조심! 조심해서 살살 내려오면 괜찮아!"

아래를 내려다보았다. 밑에서 봤을 때보다 훨씬 더 높아 보였다. 눈이 빙빙 돌았다. 바닥에는 날카로운 돌멩이들이 곳곳에 박혀 있었다. 덜덜덜 떨리는 손으로 간신히 아래로 늘어진 로프를 잡았

다. 가슴을 졸이며 천천히, 천천히 내려가 겨우 성공을 했다. 철조
망 밖에서 기다리고 있으라는 만류에도 불구하고 문지도 소나무
에 올랐다. 그러나 몸무게가 가벼워 쉽게 넘어올 수 있었다. 문지
는 생각보다 동작이 민첩했다.

"이제 저 집으로 접근해 보자. 자세 더 낮춰!"

잡풀 숲을 벗어나 이층집 정원으로 들어섰다. 밖에서 봤을 때보
다 훨씬 넓고 고급스러웠다. 정원에는 잘 가꿔진 정원수가 많았고
대형 정원석과 조각상도 군데군데 배치되어 있었다. 조각상 가운
데는 초등학교에서 흔히 볼 수 있는 '독서하는 소녀상'도 있었다.
아무튼 정원수와 정원석, 조각상들 때문에 이층집까지 접근하는
일은 그리 어렵지 않았다. 게다가 보안등은 현관 앞과 보트 선착장
에만 켜 놓아 어둡기까지 했다. 옥외 풀장 옆을 지나 동백나무 아
래에서 멈췄다.

"우리가 고압 전류가 흐르는 철조망을 넘어 들어오리라고는 꿈
도 못 꾸고 있나 봐. 저기 바다 쪽만 신경 쓰고 있는 게 틀림없어."

"그러면 우리야 좋지!"

그래도 우리는 조심조심 본채로 다가갔다. 1층에는 방이 여러
개 있는 것 같았으나 불이 켜진 방은 세 개였다. 그리고 2층에는
한 개의 방에서만 불빛이 새어 나오고 있었다. 첫 번째 방 창문 밑
으로 다가갔다. 창문 크기로 보아 안방이 분명했다. 하지만 이중

커튼이 쳐져 있어서 안을 들여다볼 수가 없었다. 귀를 기울였다.

"으흐흐흐! 내가 모를 줄 알았느냐?"

음흉한 웃음소리에 이어 굵은 남자 목소리가 들렸다. 우리는 흠칫 놀랐다.

"아니에요. 그건 오해예요."

그러나 곧 울음기가 섞인 가느다란 여자 목소리가 뒤를 따랐다. 그제야 우린 텔레비전 드라마 소리라는 걸 알아챘다. 안도의 한숨이 저절로 새어 나왔다.

다른 방을 살피며 가만가만 집 뒤로 향했다.

"발소리 안 나게 조심!"

집 뒤로 완전히 돌아 안방과 반대쪽으로 갔다. 불 켜진 창문 밑으로 접근했다. 역시 창문이 닫혀 있었고 커튼이 쳐진 상태였다. 하지만 틈이 조금 있었다.

"항구야, 여기 엎드려! 내가 안을 들여다볼게."

"알았어."

나는 항구의 등을 밟고 올라 조심스레 방 안을 들여다보았다. 넓이가 내 방의 두 배가 넘었다. 게다가 고급스럽게 잘 꾸며진 방이었다. 침대며 옷장, 가구가 한눈에 보아도 최고급 제품임을 알 수 있었다. 고개를 비틀어 가며 좀 더 안쪽을 살폈다. 책상 일부가 보였다.

"에잉?"

나는 얼른 그 자리에 쪼그려 앉았다.

"왜 그래?"

문지가 낮은 목소리로 물었다.

"있어. 안에 있어."

"누가? 이무형 그자?"

"아니! 아니!"

"그럼 누가 있다는 거야?"

이번에는 밑에서 등을 대 주고 있는 항구가 물었다. 된장항아리도 나를 빤히 쳐다보았다.

"여학생! 어제 배 타고 함께 왔던 그 여학생."

"뭐? 그럼 그 애가 이 집 딸이었어?"

"그런가 봐!"

"좀 더 살펴봐 봐!"

"알았어!"

나는 다시 창문에 눈을 들이대고 방안을 살폈다. 헐렁한 티셔츠에 핫팬츠 차림의 여고생이 다시 보였다. 책상에 편안한 자세로 앉아 무언가를 끄적거리고 있었다. 그러면서 양쪽 다리를 설렁설렁 흔들었다. 귀에 리시버를 꽂고 음악을 듣는 중이었다. 책상 위 책꽂이에는 물론 책상 좌측 5단짜리 책장들과 우측 밑 3단짜리 길쭉한 책장에는 책이 수백 권 정도 꽂혀 있었다. 마치 작은 도서관 같았다. 쟤네 아버지도 울 아버지처럼 책만 죽어라 사 줬나 보군! 저 책을 다 읽었을까? 보나마나 나처럼 건성으로 훑어봤겠지.

"편지를 쓰는지, 낙서를 하는지, 뭘 끄적이면서 다리를 흔들고 있어."

땅으로 내려와 나지막이 말했다.

다른 방 몇 개는 불이 꺼져 있어서 사람이 있는지 없는지 알 수가 없었다. 창문 밑에서 아무리 귀를 기울여도 인기척이 나지 않았다.

"이제 2층으로 가 보자!"

된장항아리가 손가락으로 2층을 가리켰다. 그러나 우리는 2층으로 갈 필요가 없었다. 2층에서 문 열리는 소리가 나고 누군가가 밖으로 나왔기 때문이었다.

"벽에 바짝 붙어서 움직이지 마! 누가 나왔어."

된장항아리의 지시에 나, 항구, 문지는 여고생의 창문 밑에 바짝 붙었다. 그러고는 몸을 최대한 웅크리고 숨을 죽였다. 2층에서 발자국 소리가 났다. 2층 난간으로 오는 소리였다.

"1번 초소! 1번 초소! 응답하라!"

무전을 치는 모양이었다. 계속 1번 초소를 불러 댔다. 경비 반장인 것 같았다.

"그쪽 별 이상 없지? 그럼! 그럼! 밤에는 여기 접근할 놈 없어.

조금 이따 내려와서 소주 한잔하고 올라가. 2번 초소! 2번 초소! 응답하라!"

이번에는 2번 초소를 불렀다. 그리고 똑같은 말을 전한 뒤, 곧 3번 초소를 불렀다.

"3번 초소 거기도 이상 없지? 음! 자네는 그쪽 돼지우리 한번 둘러보고 창고도 좀 살핀 뒤 내려와. 내가 거기까지 가기 귀찮아서 그래. 와서 소주 한잔하자고. 최 씨 아줌마 깨워서 안주 좀 만들어 달라고 할 테니. 근데 안주는 청해1호 요리사가 최곤데! 그 양반이 해 주는 돼지고기 두부찌개는 진짜 따따봉이야! 자네도 한 번 먹어 봤지? 신 김치 덤펑덤펑 짤라 넣고, 대파 숭덩숭덩 썰어 넣고, 껍데기 붙은 두툼한 돼지고기 통째로 집어넣고, 허연 두부 크게 깍두기 쳐서 시뻘건 국물에……. 크하! 쩝! 쩝!"

경비 반장은 감탄사를 길게 내뿜은 뒤 입맛을 쩝쩝 다셨다.

"사장님? 사장님은 그끄저께 일본 출장 가셔서 사흘 후에나 오신 댔어. 이 틈에 우리도 좀 맘 편히 쉬어야지 뭐! 사모님? 사모님은 연속극광이시잖아? 그리고 사모님은 먹는 거 가지고 뭐라 하시지 않아. 딸? 소현이도 제 방에 틀어박히면 나오나, 어디? 애가 참 착해! 똑똑하고. 어제는 사모님 지시로 내가 흑산도까지 보트 타고 마중 간다니까, 미안해서 싫다고 고물배 타고 들어왔잖아! 여기 하풍도에 내려서도 낭떠러지 길을 걸어 후문으로 왔더라고."

경비 반장은 4번 초소 경비원도 내려오라고 말한 뒤, 담배를 한 개비 다 피웠다. 그러고는 1층으로 내려왔다.

"아줌마! 최 씨 아줌마! 그만 자고 우리 안주 좀 끓여 줘. 쐬주 한잔 해야겠어. 얼른!"

"아, 알았어! 나, 졸리는데. 씨!"

또 다른 불 켜진 창문에서 경비 반장이 아줌마를 깨우는 소리가 들려왔다. 그리고 다시 2층으로 올라가고 문 닫는 소리가 들렸다. 된장과 문지는 아래에 남고 나와 항구는 2층으로 올라갔다. 2층으로 오르는 계단 초입에 철문이 달려 있었으나 열려진 상태였다. 경비 반장은 첫 번째 방에서 의자에 비스듬히 앉아 텔레비전을 보고 있었다. 살펴보니 2층은 방이 세 개였다. 첫 번째 방은 경비원들의 숙소 같았고, 안쪽으로 두 개는 선원들의 방으로 사용하는 모양이었다. 두 개 방 모두 출입문이 철문으로 되어 있고 창문에도 쇠창살이 쳐져 있었다.

"선생님, 2층도 별다른 거 없어요."

"그럼 이제 얼른 돌아가자. 여기 있다가 저 사람들에게 잡히면 무슨 봉변을 당할지 몰라. 아까 낮에 저쪽 경비원이 그랬잖아? 잡히면 바닷물에 집어 처넣겠다고."

문지가 고개를 끄덕거렸다. 나도 약하나마 고개를 끄덕였다. 그러나 항구는 별 반응이 없었다.

주방에 불이 켜졌다. 가정부 아줌마가 찌개 끓일 준비를 하는 소음이 연이어 들렸다. 1번 초소 경비원과 2번 초소 경비원은 비탈길을 내려오는 중이었다. 사람은 보이지 않았으나 랜턴 불빛이 움직이는 건 쉽게 눈에 띄었다. 산쪽 절벽 부근에 있는 3번 초소 경비원의 불빛은 덤불 숲에 가려 보였다 안 보였다를 반복했다. 4번 초소 경비원도 바다 쪽 길로 다가오고 있었다.

"어떡하지?"

"일단 저기, 저 정원수 밑으로 들어가 숨자."

우리는 허리가 땅에 닿을 듯 굽히고 걸어서 정원수 밑으로 들어갔다.

경비원들이 하나둘 도착해 2층으로 올라가는 게 보였다. 얼마 안 있어 뚱뚱한 체격의 가정부 아주머니가 둥그런 쟁반을 들고 2층으로 올라갔다. 그러더니 나오지 않았다. 간간이 아주머니의 웃음소리가 들려오는 걸로 보아 경비원들과 어울려 술을 마시는 게 분명했다.

"선생님, 이때가 기회예요. 빨리 빠져나가야 해요."

나는 우리가 넘어왔던 철조망 쪽을 몇 번이나 쳐다봤다. 경비원들이 술을 마시고 있는 틈에 어서 돌아갔으면 해서였다. 항구도 한 차례 그쪽을 보았다.

"그래! 이 집이 의심스럽기는 해도 이무형과는 관련이 없는 것 같아. 아마 선원들을 불법 모집해서 데려다 저임금으로 부려 먹는 정도일 거야. 내가 알아본 정보에 의하면 선원들을 불법 고용해 노예처럼 부려 먹는 악덕 선주들이 종종 있다고 하더라."

바람이 점점 거세지고 기온도 좀 떨어졌다. 이젠 정말 그냥 돌아가는 수밖에 다른 방도가 없었다. 그것을 아는지 항구와 문지도 별말이 없었다.

"그럼 이제 빨리 빠져나가자. 들키기 전에."

된장항아리가 몸을 돌렸다. 문지가 힘없이 그의 뒤를 따랐다. 나와 항구도 가만가만 발걸음을 떼어 놓았다.

정원을 지나 잡풀 숲을 헤치고 날카로운 돌멩이를 밟으면서 아까 내려왔던 비탈을 기어올랐다. 경사가 가파른 곳이라 내려올 때보다 올라갈 때가 훨씬 더 힘이 들었다. 한참 만에 겨우 그 소나무 밑에 도착했다.

"문지야, 네가 먼저 나가."

언제 경비원들이 나올지 몰랐기에 숨 돌릴 틈도 없었다. 문지는 로프를 잡고 위로 올라가, 수평 가지를 기어 철조망 밖으로 나갔다. 수평 가지에서 소나무 본줄기로 옮겨 갈 때 한 차례 미끄러지기는 했으나 다람쥐처럼 날렵했다.

"이제 은표 너 빨리 올라가."

나는 로프를 힘껏 움켜잡았다. 그러고는 두 발을 탁탁 채면서 위

잠입  201

로 성큼성큼 올라갔다. 그 바람에 소나무 가지가 휘청휘청 흔들렸다. 거의 다 올라가서 한 손은 로프를 잡은 채 다른 손으로는 소나무 가지를 잡았다. 그리고 왼쪽 다리를 가지에 턱 걸쳤다. 이어서 로프를 잡은 손을 떼어 소나무 가지를 잡았다. 그런 다음 오른쪽 다리를 마저 가지에 걸치고 힘을 주어 가지 위로 올라갔다.

그때, 뚝! 소리와 동시에 소나무 가지가 밑으로 약간 늘어졌다. 그 바람에 나는 그만 중심을 잃고 말았다.

"어어!"

떨어질까 무서워서 소나무 가지를 꼭 끌어안았다. 그런 자세로 몸이 180도 빙그르 돌았다. 나뭇가지에 거꾸로 매달린 돼지 꼴이 된 것이었다. 두 팔과 양 다리로 소나무 가지를 감고 있었지만 등과 엉덩이가 자꾸 아래로 처졌다. C자를 눕혀 놓은 모습이었다.

설상가상, 하필이면 그때 술자리를 파한 경비원들이 밖으로 나왔다. 직선거리는 불과 40미터, 조금이라도 움직이면 나무가 흔들려 금세 눈에 띌 상황이었다. 게다가 경비 반장은 방으로 들어가지 않고 2층 난간에 서서 또 담배를 피우고 있었다.

"움직이지 말고 그대로 있어!"

된장항아리는 그렇게 지시한 뒤 풀숲으로 숨었다. 항구도 몸을 감추고, 철조망 밖 문지도 자세를 낮췄다. 나 혼자만 나뭇가지에 매달려 전신을 드러내 놓고 있는 것이었다.

경비원들은 랜턴 불을 비추면서 각자 자기 초소로 돌아가고 있었다. 소나무에서 가장 가까운 3번 초소 경비원도 창고 옆을 지나 자기 자리로 돌아올 것이었다. 그에게는 익숙한 길일 테니 7분이나 8분 정도 걸릴 거리였다. 3분쯤 지났을까? 나뭇가지를 감고 있던 왼쪽 다리가 점점 풀어지고 있었다. 오른쪽 다리도 심상치 않았다. 팔까지 덜덜거렸다. 매달려 있는 게 아주 죽을 맛이었다. 큰일이었다.

"선생님! 선생님!"

모기 소리로 된장항아리를 불렀다.

"모, 못 버티겠어요."

"더, 더 버텨야 해!"

된장항아리가 하루살이 소리로 대답했다. 온몸에서 땀이 흘렀다. 5분 정도 지났다. 이제 내 몸은 U자 모양으로 소나무 가지에 매달려 떨어지기 일보 직전이었다. 3번 초소 경비원은 돼지우리를 살핀 뒤 다시 초소로 향했다. 돼지우리에서 3번 초소까지는 닦여진 길이 있어 채 1분이 걸리지 않을 거리였다. 문제는 3번 초소에서 소나무까지의 거리가 20미터밖에 안 된다는 것이었다. 시야를 가리는 장애물도 없어 조금만 움직여도 발각될 확률이 상당히 높았다.

"으으으!"

입에서 저절로 신음이 새어 나왔다.

"조용히! 조용히! 조금만 더 버텨!"

된장항아리가 반쯤 일어나 주의를 주었다. 하지만 내 신음은 점점 더 커져 갔다. 팔 또한 더 심하게 흔들렸다. 그에 따라 소나무 가지도 춤을 추었다. 너무 힘이 들어서 양쪽 눈에 눈물마저 찔끔거렸다.

"아으으!"

6분 정도 지나자 인내의 한계점, 에너지의 고갈점에 다다랐다. 한 마디, 두 마디, 가지를 잡고 있는 손가락이 점점 풀어졌다. 오른쪽 다리가 먼저 가지에서 떨어져 밑으로 축 늘어졌다.

"선, 선생⋯⋯!"

나는 끝내 님 자를 마저 부르지 못하고 소나무 가지를 놓치고 말았다.

"으악!"

단말마의 비명 소리가 섬 전체를 뒤흔들었다. 된장항아리와 지항구가 거꾸로 떨어지는 나를 밑에서 받았다. 그러나 우리 셋은 한데 뒤엉켜 경사가 심한 비탈을 떼굴떼굴 굴러 내려갔다. 한참을 굴러 이층집 정원 '독서하는 소녀상' 받침대에 쾅! 부딪혀서 가까스로 멈췄다.

# 된장항아리의 정체

"으으! 으으으!"

"크쿵! 쿵쿵쿵!"

꼭 짐승이 앓는 소리 같았다. 하지만 그렇게밖에 달리 의사소통을 할 방법이 없었다. 그나마 그것도 밤이 깊어지자 잠잠해지고 말았다. 목 아래로는 퉁퉁 불어 감각이 없어진 지 오래였고, 목 위로도 뻣뻣하게 굳어 콧소리조차 낼 수가 없었다. 시간이 더 흘러 새벽이 되었다. 온몸의 신경이 다 차단된 듯 아무것도 느낄 수 없었다. 그 상태로 두어 시간 흘렀다. 파도 소리와 갈매기 소리가 뒤섞여 시끄러웠다. 햇살이 조금씩 비쳐 들었다. 서늘한 안개가 옅게 끼어 있었으나 얼굴에 온기가 돌기 시작했다. 머리카락에 맺혀 있던 밤이슬이 천천히 이마를 거쳐 눈을 통과해 뺨으로 흘러내렸다.

그러다 턱 끝에서 방울을 짓는가 싶더니 똑! 똑! 똑! 땅바닥으로 떨어졌다. 그 방울 떨어지는 소리에 나는 눈을 번쩍 떴다. 눈을 뜨자마자 얼른 고개를 오른쪽으로 돌렸다. 고개가 다 돌아가지 않았다. 눈알을 최대한으로 돌렸다. 지항구가 보였다. 눈두덩이 찢어지고 입술이 터진 항구의 얼굴은 온통 피투성이였다. 그런 상태로 고개가 꺾여 옆 이마가 땅바닥에 닿은 채 아무 움직임이 없었다. 큰소리로 항구를 불러 깨웠다.

"으으으! 으으으!"

하지만 입에서 나오는 소리라고는 짐승이 앓는 소리뿐이었다. 그 소리조차도 크게 나오지 않았다. 그저 어린애가 칭얼대는 소리 정도에 불과했다. 그 소리를 쉬지 않고 무려 20여 분이나 내지른 다음에야 항구의 머리가 조금씩 움직였다. 항구의 머리에도 아침 햇살이 비쳐 들어 밤이슬이 맺혀 흘렀고, 그것이 코끝에 대롱거리다가 콧물처럼 똑! 똑! 떨어졌다. 그 방울이 열댓 개쯤 떨어졌을 때 드디어 항구가 눈을 떴다. 항구는 그 자세 그대로 눈만 몇 번을 끔벅끔벅하더니 고개를 천천히 들어 좌측으로 돌렸다. 항구의 시선과 내 시선이 마주쳤다.

"쿵쿵쿵! 쿵쿵쿵?"

지항구 역시도 알 수 없는 짐승 소리를 내며 연신 눈을 깜빡거렸다. 하지만 나는 그 뜻을 알아채고 고개를 끄덕거려 주었다. 힘겹게 고개를 좌측으로 돌렸다. 박달구 선생님이 보였다(이때부터 나는 된장항아리를 박달구 선생님이라고 예의를 갖춰 정식으로 불렀음. 존경심도 담겨 있었음). 항구보다 더 피범벅이 된 모습이었다. 고개도 앞으로 완전히 꺾여 있었다. 혹시 죽은 게 아닐까? 덜컥 겁이 났다. 다시 항구를 보며 소리쳤다.

"으으으 으으으으으!(선생님이 죽은 것 같아.)"

"쿵? 쿵쿵 쿵쿵쿵쿵?(뭐? 그럼 어떡하냐?)"

항구와 나는 기괴한 소리와 눈 깜박임, 도리도리, 끄덕끄덕, 고갯짓을 통해 의사 교환을 했다. 항구의 눈에 눈물이 맺혔다. 내 눈에서도 눈물이 펑펑 솟았다.

"으으으!(선생님!) 으으으!(선생님!)"

눈물을 흘리면서 계속 선생님을 불렀다. 그러나 박달구 선생님은 아무 반응이 없었다. 숨소리조차 들리지 않았다. 나와 항구는 울다 지쳐 탈진 상태가 되었다. 울음조차 나오지 않았다. 우리는 고개를 푹 숙이고 거친 숨만 몰아쉬었다.

얼마쯤 시간이 흘러 엷게 끼었던 안개가 다 걷히자 햇살이 따가워지기 시작했다. 기온도 급격하게 상승했다. 직사광선으로 인해 머리 전체가 점점 뜨거워지고 숨이 막혀 왔다. 목도 타는 듯이 말랐다. 혀가 가스레인지 위에 올린 오징어처럼 배배 꼬여 꽈배기가 되었다.

"으으으!"

나도 모르게 고통스런 신음이 새어 나왔다. 뇌수가 완전히 증발된 듯 머릿속이 휑해졌다. 또 정신을 잃을 것만 같았다. 항구도 마찬가지였다. 박달구 선생님은 여전히 아무 움직임도 없었다.

해가 중천을 통과해 한 뼘쯤 서쪽으로 기울어졌을 때, 발자국 소리가 들려왔다. 기절하기 직전이었던 나와 항구는 동시에 눈을 떴다. 귀를 바짝 기울였다. 뒤쪽이었다. 서걱! 서걱! 뒤쪽에서 여러 명이 모래를 밟는 소리가 들렸다. 발자국 소리는 우리를 향해 점점 가까이 다가왔다. 놈들이었다. 우리는 다시 눈을 감았다. 놈들이 우리 앞으로 와서 나란히 섰다. 실눈을 뜨고 보니 모두 네 놈이었다(어젯밤에 잡혀 끌려올 때는 경비 반장 한 명에 경비원 네 명, 합해서 다섯 놈이었음). 두 놈은 손에 삽을 들고 있었다.

"죽었는지 살았는지 확인해 봐!"

사마귀처럼 생긴 경비 반장이 명령을 했다. 콧수염이 워커발로 항구의 머리를 툭툭 쳤다.

"으윽!"

항구가 고통스럽게 신음했다.

"살아 있네요."

"그다음 녀석도 차 봐!"

"아아!"

콧수염이 차기 전에 나는 눈을 뜨고 비명을 질렀다.

"그놈은 더 멀쩡하군. 그다음 늙은 대머리도 차 봐!"

콧수염이 박달구 선생님의 머리를 툭툭 찼다. 선생님의 머리가 시계추처럼 두어 번 흔들렸다.

"죽었나 봅니다."

"죽어? 어제 그렇게 바락바락 대드는 걸로 봐서는 벌써 죽을 놈이 아닌데?"

경비 반장이 박달구 선생님한테 다가갔다. 그러고는 워커발로 머리를 쿡쿡 밟았다.

"야, 대머리! 눈 떠 봐! 정신 차려 봐, 인마!"

그러나 반응이 없었다. 내 눈에서 다시 눈물이 흘렀다. 경비 반장이 쪼그려 앉았다. 그러더니 손을 뻗어 박달구 선생님의 눈을 뒤집어 깠다.

"죽지는 않았어. 바닷물을 부어 봐!"

죽지는 않았다는 말이 내 귀에 천둥소리처럼 들렸다. 반가운 마음에 눈을 크게 떠 박달구 선생님을 바라보았다. 피가 덕지덕지 엉겨 붙은 얼굴, 그 얼굴 전체가 퉁퉁 부어 바람을 가득 채운 빨간 풍선 같았다.


어젯밤 우리는 비탈에서 정원까지 굴러 내려가는 바람에 그 자리에서 붙잡히고 말았다. 놈들은 우리를 끌고 창고 옆을 지나 바 닷가 모래밭으로 내려갔다(창고 옆에 우리가 미처 못 봤던 바다로 내려가는 좁은 계단이 있었음. 그리고 그쪽 바닷가에는 이층집에 서는 보이지 않는 길쭉한 건물이 또 한 채 있었음. 수십 개의 철기 둥을 세우고 슬레이트 지붕을 얹은 개방형 건물로 무슨 작업장 같 았음). 그리고는 우리를 각각 철기둥에 묶어 놓고 무자비한 폭행 을 가하기 시작했다. 이미 우리는 가파른 비탈을 굴러 떨어지면서 몸 곳곳에 상처를 입은 상태였다. 특히 박달구 선생님은 소나무에 서 떨어지는 나를 받다가 그대로 뒤로 넘어질 때, 날카로운 돌에 어깨를 찔려 큰 상처를 입고 있었다. 하지만 놈들은 전혀 아랑곳하 지 않았다.

철기둥에 묶인 박달구 선생님을 한참 동안 잔인하게 다그치던 경비 반장이 항구에게 다가갔다. 박 선생님이 끝내 입을 열지 않자 놈은 몹시 화가 나 있었다.

"너, 빨리 말해! 여길 왜 침입한 거야?"

경비 반장이 항구의 뺨을 세게 후려쳤다. 하지만 항구는 대답하 지 않았다.

"어서 말 못해? 무슨 목적으로 들어온 거냐고?"

옆에 서 있던 뱁새눈이 주먹으로 항구의 배를 강타했다. 항구가 헉! 소리를 내뱉고는 몹시 괴로워했다.

"애들한테 손대지 마!"

피투성이가 되어 있는 박달구 선생님이 소리쳤다.

"뭐, 새꺄?"

만(卍)자 목걸이가 워커발로 선생님의 정강이를 걷어찼다. 그에 이어 주먹으로 옆구리도 내질렀다.

"끄헉!"

그 비명 소리를 끝으로 선생님은 밑으로 축 처졌다.

경비 반장이 나에게 다가왔다. 나는 놈들에게 앞서 한 차례 심하게 맞아 입안이 찢어져 피가 흘렀다. 눈두덩도 부풀어 오르고 코피도 뚝뚝 떨어졌다. 나는 누구에게 맞아 보기는 처음이었다. 더욱이 사람이 사람을 그렇게 때릴 수도 있는지, 직접 당하면서도 믿어지지가 않았다. 전자오락 프로그램이나 인터넷 게임 속에서만 있는 것으로 알고 있었다. 두려웠다. 무서웠다. 몸이 떨렸다.

"너희가 오전에 2번 초소에 어슬렁거렸던 놈들이지? 저 산꼭대기에서도 우리를 관찰했지?"

"아닙니다. 우리는 단지 갈매기 생태 연구를 하러 온 학생입니다. 이분은 우리 선생님이고요. 그런데 바닷가에서 길을 잃고 헤매다가……."

"이놈이 어디서 거짓말을 하고 있어?"

뱁새눈이 내 뺨을 후려쳤다. 콧수염은 발로 가슴을 강타했다. 갈

비뼈가 부러진 듯 엄청난 통증이 느껴졌다.

"그 애 손대지 마! 다 내가 시켜서 한 일이야."

박달구 선생님이 또 소리쳤다. 경비 반장이 다시 선생님한테 다가갔다.

"그럼 어서 말해? 여길 왜 들어온 거야? 무슨 정보를 얻으려고 온 거냐고?"

"어서 말 못해?"

20대 후반으로 보이는 만(卍)자 목걸이가 발을 높이 들었다. 경비원들 중 가장 악랄한 놈이었다. 놈이 선생님의 복부를 내리찍었다.

"어흑!"

선생님은 한참 동안 숨을 쉬지 못했다.

"너희 같은 놈들 서너 명 죽여 없애는 건 일도 아니야, 새끼들아! 알아? 어서 말해? 무슨 목적으로 여길 온 거야?"

"애, 애들을 풀어 주면 마, 말하겠다."

"이 새끼, 꼴에 선생이라고 애들을 먼저 위한다 이거야? 아주 감동적이다, 감동적이야!"

"아이구우! 나는 눈물이 다 나네. 그 귀하디 귀하다는 참스승을 여기서 직접 보게 되다니? 너무 감격스러워서 눈물이 바다를 이뤄! 크흐흐흐!"

놈들은 박달구 선생님을 놀려 대며 키득거렸다.

"너의 뭐를 믿고 얘들을 풀어 줘? 늙은 호박덩어리에 맨들맨들 대머리가 전혀 믿을 수 없게 생겼잖아? 키키키키!"

"얘들은 아무것도 모른다. 그냥 내가 가자고 해서 따라왔을 뿐이다. 얘들을 풀어 주면 여기 온 목적을 말하겠다."

선생님은 자신의 뜻을 굽히지 않았다.

"그러지 않으면 죽어도 말하지 않겠다."

"뭐? 그럼 어디 한번 죽어 봐, 이 새끼야!"

놈들은 또다시 번갈아 가며 선생님한테 폭력을 가했다. 선생님은 머리가 깨지고, 코뼈가 주저앉고, 입술이 터지고, 이빨이 부러졌다.

"나, 나는 주, 죽어도 조, 좋다. 그러나 얘들은 풀어 줘라!"

"이 지독한 놈! 이놈들을 저기 모래밭에 묻어 버려!"

놈들은 우리를 끌고 모래밭으로 나갔다. 삽으로 구덩이를 깊이 파더니 그대로 묻었다. 머리만 내 놓고 입에 테이프를 붙인 채. 조금도 주저하거나 망설이지 않았다.

"내일 정오에 오겠다. 죽고 싶지 않으면 잘 생각해라!"

우리 얼굴에 랜턴 불빛을 차례로 비추며 경비 반장이 그렇게 말했다. 그러고는 뒤돌아서 갔다.

"우리, 사장님한테 크게 칭찬받게 생겼어! 호박이 넝쿨째 세 개나 굴러들어올 줄이야."

"보너스도 두둑하게 주겠죠, 반장님?"

"그럼! 그걸 말이라고 해? 이렇게 세 놈이나 한꺼번에 잡아 놨는데. 요즘 뱃일할 선원이 없어서 얼마나 신경을 쓰시는데?"

놈들이 계단을 오르며 지껄이는 소리가 간간이 들려왔다.

"근데 내가 전에 청해1호 선장한테 얼핏 들었는데, 사장님이 앞으로는 새우잡이보다는 이쪽 일에 더 힘을 쓰실 모양이야."

"그래요, 반장님?"

"응! 이쪽 일이 수익이 훨씬 좋은가 봐! 돈 많이 벌 수 있다고 꼬드기면 가겠다는 계집애들이 줄을 선대. 요즘 대학 졸업하고도 놀고 있는 것들이 원체 많으니 뭐."

"완전 돈을 긁는 거네요. 양쪽에서 돈을 받는 거니까."

그들은 계속 대화를 나누며 어둠 속으로 사라져 갔다.

"그렇지! 그게 아니라도 선조들에게 물려받은 재산이 엄청나다는 소리가 있더라고. 뭔 사연이 있는지 대부분 다른 사람 명의로 해 놓았는데, 그걸 조금씩 팔고 있는 중이래. 그래서 이 섬을 다 사들일 모양이야."

"그러면 우리한테 떨어지는 떡고물도 꽤 크겠군요? 으흐흐!"

음흉한 웃음소리가 소름을 돋게 했다. 얼마간을 버티다가 상처가 깊은 박달구 선생님이 먼저 기절을 했다. 그리고 항구와 내가 차례로 그 뒤를 이었었다.

경비 반장의 명령에 뱁새눈이 삽으로 바닷물을 퍼와 박 선생님에게 끼얹었다. 몇 번 그러자 선생님이 낮게 신음을 토했다.

"거 봐! 죽지 않았잖아. 이놈 쉽게 죽을 놈이 아니야! 테이프 떼어 줘 봐."

콧수염이 입에 붙은 테이프를 차례로 떼었다.

"선생님! 박달구 선생님!"

"정신 차리세요, 선생님!"

나하고 항구가 선생님을 소리쳐 불렀다. 선생님이 고개를 약간 들었다. 왼쪽 눈을 가늘게 떴다. 오른쪽 눈은 너무 부어올라 뜨이지 않았다.

"야, 대머리! 어때? 그렇게 땅속에 묻힌 채 하룻밤을 새운 기분이?"

경비 반장이 물었다. 그러나 선생님은 아무 대답이 없었다.

"너, 인마! 주거침입죄가 뭔지 알지? 선생이면 법을 지켜서 학생들에게 본을 보여야지? 앞장서서 남의 집 철조망을 타 넘어?"

"경찰에 넘기면 최소 1년은 감옥에서 썩어야 해, 새끼야!"

뱁새눈과 콧수염이 워커발로 선생님의 이마를 톡톡 차면서 비아냥거렸다.

"대답해 봐! 여기에 왜 침입한 거야? 갈매기 생태 어쩌고저쩌고 하더니, 카메라 살펴보니까 아무것도 찍은 게 없던데? 응? 왜 온 거야?"

"얼른 대답해, 짜샤! 수틀리면 아주 대가리까지 묻어 버릴 수가 있어! 대답해!"

만(卍)자 목걸이가 선생님의 머리를 힘껏 밟아 눌렀다. 선생님의 얼굴에 모래가 가득 박혔다.

"나는 아주 중요한 임무를 띠고 왔다."

"뭐? 중요한 임무? 그게 뭔데?"

경비 반장이 쪼그려 앉아서 선생님한테 물었다.

"이 애들을 풀어 주면 대답하겠다."

"뭐야, 자식아? 너, 누굴 놀리는 거야? 삽 이리 줘 봐."

벌떡 일어선 경비 반장이 뱁새눈에게서 삽을 건네받았다. 그러고는 삽 철판 부분으로 선생님의 빰을 힘껏 후려쳤다. 골프채를 휘두르는 동작이었다. 선생님의 고개가 옆으로 180도나 돌아가고 입에서 검붉은 핏덩어리가 튕겨져 나왔다. 선생님은 또 그대로 기절을 하고 말았다.

"너, 대 봐! 왜 여기에 온 거야?"

경비 반장이 삽을 들고 나에게로 다가왔다.

"은표야, 안 돼! 말하면 안 돼!"

항구가 소리쳤다. 나는 입을 꾹 다물고 고개를 가로저었다.

"이 새끼들이 이거. 아직도 정신을 못 차렸군!"

놈이 삽자루로 내 머리통을 내리쳤다. 항구도 세게 한 대 맞았다.

"그럼 어디 하루 더 버텨 봐라. 테이프로 주둥이 다시 틀어막아!"

놈들은 우리 입에 다시 테이프를 붙인 뒤 가 버렸다.

햇볕은 더욱 뜨거워져 머리통이 그대로 익어 버릴 지경이었다. 정신이 가물가물해졌다. 시야도 흐려졌다. 파란 하늘, 푸른 바다, 하얀 파도, 잿빛 갈매기들이 빙글빙글 돌면서 한데 마구 뒤섞여졌다. 세상이 점차 검은색으로 변해 갔다.


눈을 떴다. 밤이었다. 모래를 파내는 소리가 들렸다. 그 소리 때문에 항구도 눈을 떴다. 검은 그림자가 모래를 파내 박 선생님을 꺼내려 하고 있었다.

"으으으?"

내 신음에 검은 그림자가 동작을 멈췄다.

"쉿!"

검은 그림자가 내게로 왔다.

"소리 내지 마!"

그가 입에 붙은 테이프를 떼었다. 항구 테이프도 떼어 주었다.

"너희를 구하러 왔어!"

휴가 나온 군인이었다.

"문지는요?"

"저기 보트에 있어! 잠시만 기다려 선생님부터 꺼내고."

"형, 한참 걸릴 텐데요. 놈들이 언제 올지도 모르고요. 저하고 항구부터 꺼내 주세요. 제가 도울게요."

"그래?"

"예! 우린 그래도 많이 안 다쳐서 팔을 쓸 수 있어요."

"좋아!"

군인 형이 연장을 가지고 모래를 퍼내기 시작했다. 연장은 다름 아닌 플라스틱 노였다. 보트를 젓는 노를 이용해 빠르게 퍼냈다. 가슴이 드러나고, 허리까지 퍼내자 몸을 움직일 수가 있었다. 군인 형이 뒤에서 내 겨드랑이에 손을 넣고 위로 잡아당겼다. 내 몸이 가을무처럼 위로 쑥 뽑혀졌다. 팔다리를 움직여 보았다. 좀 뻣뻣하고 통증이 느껴지기는 했으나 견딜 만했다.

군인 형은 즉시 항구를 꺼내기 시작했다. 내가 다가가 손으로 모래를 퍼내 거들었다. 항구는 나보다 더 많이 다쳐 이따금 신음을 내뱉었다. 일단 허리까지 모래를 퍼낸 다음 군인 형과 항구를 꺼내 올렸다.

"항구야, 팔다리를 자꾸 움직이고 있어. 우린 선생님을 꺼낼 테니까."

"알았어. 빨리 꺼내야 해."

박달구 선생님한테 다가갔다. 그리고 부지런히 모래를 퍼냈다. 잠시라도 지체할 수가 없었다. 팔 힘이 빠지고 손톱이 벌어져 모래가 끼었다. 쓰리고 아팠다. 하지만 멈추지 않았다.

"은표야! 자, 이걸로."

언제 다가왔는지 문지가 노를 건네주었다. 노를 받아 더 빨리 모래를 퍼냈다.

"아빠, 조금만 참으세요. 곧 꺼내 드릴게요."

문지가 박 선생님의 얼굴을 어루만지며 울음을 터뜨렸다.

"우는 소리 내서는 안 돼! 문지야, 너는 다시 보트로 가 있어!"

하지만 문지는 자리를 뜨지 않았다. 계속 흐느끼며 선생님을 흔들었다.

"빨리 가! 이러다가 우리 모두 잡혀!"

군인 형이 짧고 싸늘하게 말했다. 그제야 문지가 몇 번이나 뒤돌아보면서 보트로 향했다.

"저도 도울게요!"

그사이 몸이 어느 정도 회복된 항구가 와서 손으로 모래를 퍼냈다. 박 선생님도 의식이 돌아왔는지 약하게 신음을 토했다.

"선생님! 이제 살았어요. 문지하고 군인 형이 우리를 구하러 왔어요."

나는 기쁨이 북받쳐 눈물을 흘렸다.

이윽고 선생님을 밖으로 끌어냈다. 얼굴은 물론 어깨 상처에서 피가 줄줄 흐르고 있었다. 왼쪽 다리도 놈들에게 맞아 잘못되었는지 정강이 부분이 휘어 있었다. 부러진 것 같았다. 군인 형과 함께 선생님을 부축해 보트로 향했다. 겨우겨우 올려 보트 앞부분 가운데에 눕혔다. 문지가 또 선생님을 끌어안고 울음을 터뜨렸다.

"문지야! 울지 말고, 물부터 조금 마시게 해드려. 너희도 물 좀 마셔, 자!"

군인 형이 생수병을 하나씩 건네주었다. 항구와 나는 생수병을 받아들자마자 벌컥벌컥 들이켰다. 물 한 병이 순식간에 비워졌다. 아까보다 정신이 훨씬 맑아졌다.

"자, 이제 소리 안 나게 노를 저어 빠져나가야 돼!"

군인 형이 보트 우측에 서서 노 저을 자세를 취했다. 나는 왼쪽에서 노를 잡았다.

"형! 잠깐만요."

막 노를 저으려는데 항구가 저지했다.

"왜?"

"여고생요. 저 집에 사는 여고생요."

"응! 그 여고생 저 집 딸이야. 그런데 그 여고생이 뭐?"

군인 형이 다그쳐 물었다.

"그 여고생이 분명히 그랬잖아요? 인천에서 이사 올 때 할아버지도 같이 왔다고."

"맞아! 맞아! 이 섬에 들어오는 배에서 분교 선생님이 물었을 때 틀림없이 그랬어. 할아버지, 아버지, 엄마, 그리고 그 애, 그렇게 넷이서 이사 왔댔어. 걔보다 열한 살 위인 오빠는 일본에 쭉 살고 있다 했고."

문지가 자세히 기억해 냈다.

"그런데 할아버지는 없었잖아? 이사 와서 죽었을 수도 있고."

내가 낮은 목소리로 말했다.

"아니야. 우리가 확인하지 못한 방이 몇 개 있잖아? 여기서 잠깐 기다리세요. 내가 가서 확인해 볼게요."

"안 돼! 위험해! 박 선생님도 빨리 치료를 해야 하고."

군인 형이 항구를 잡았다.

"끄으으!"

"어? 아빠, 왜요? 할 말 있으세요?"

문지가 선생님께 물었다.

"이, 이리……."

"항구야, 이리 가까이 오래!"

항구가 박 선생님한테 가까이 다가갔다. 박 선생님이 힘겹게 왼 팔을 들어 손가락을 펼쳤다.

"이, 이걸 빼, 빼고 보, 봐!"

"여길 좀 보래."

문지가 선생님 손가락에 끼워져 있던 결혼반지를 뺐다. 그러고는 휴대폰 불빛을 비췄다. 그러자 반지 때문에 보이지 않았던 푸른 점이 나타났다. 왼손 약지 옆면, 그러니까 중지와 맞닿는 부분에 크기가 교복 단추만 한 푸른 점이 보였다.

"자, 자세히……."

"자세히 보래!"

우리는 좀 더 자세히 그 푸른 점을 살폈다.

"어?"

점이 아니었다. 문신이었다. 분명 무궁화꽃 모양의 문신이었다.

"서, 선생님!"

항구가 떨리는 목소리로 선생님을 불렀다. 하지만 박달구 선생님은 아무 대답 없이 눈을 감았다. 눈을 감은 상태로 손가락을 까딱거려 귀를 자기 입에 대라는 동작을 했다. 항구가 박 선생님의 입에 귀를 들이댔다. 선생님이 뭐라 소곤거렸다. 목소리가 너무 낮아 잘 들리지 않았다.

"아, 그래서 그동안 활동을……. 그럼, 선생님도 저를 눈치채고 있었군요."

간간이 고개를 끄덕이며 항구가 대답을 했다.

말을 마친 박달구 선생님이 손을 내저었다.

"네, 알겠습니다."

항구가 배 밖으로 뛰어내렸다. 그는 금세 어둠 속으로 사라져 버렸다.

"문지야, 기다리고 있어."

나도 보트에서 뛰어내려 항구 뒤를 쫓았다. 모래밭을 지나고 작업장을 통과해 계단 중간쯤에서 항구를 불렀다.

"항구야. 항구야! 거기 서 봐!"

"왜 왔어? 너는 돌아가 있어!"

"너 혼자 위험하잖아? 같이 가 보자."

항구가 내 손을 꼬옥 움켜쥐었다가 놓았다.

"그런데 그 푸른 무궁화 문신은 뭐야?"

"민정수 비밀단원 표식이야."

"비밀단원?"

종로 지하실 할아버지들에게 듣긴 들었던 말이었다.

"응! 민정수 내에 무궁화 결사단이 있는데 거기 대원을 말하는 거야. 우리 아버지 손가락에도 그 문신이 새겨져 있어!"

"그래! 맞다. 네 아버지 손가락에 푸른 점이 있는 걸 본 것 같아. 그게 바로 무궁화 문신이었구나."

"나에게도 안 보여 줬던 거야. 늘 감추고 있었지. 그런데 저번에 집에 갔더니 허망하게 웃으면서 말씀하시더라고. 너도 다 컸으니까 말해 주겠다 하시면서. 나는 정확히 열아홉 살이고 겨우 중학교를 졸업한 뒤 떡 공장, 철공소, 유리가공 공장 등에서 지냈어. 가정

환경을 비관하고 부모님 원망을 많이 하면서. 그러다 뒤늦게 고등학교에 입학해서 너희 학교로 전학을 간 거지. 박달구 선생님의 언행을 감시하려고."

"뭐라고? 박 선생님을? 그게 무슨 소리야?"

항구의 팔을 잡으며 물었다.

"자세히 말하려면 너무 길어! 몇 명 남지도 않은 우리 회원들 정보가 자꾸 새나가자 지팡이 할아버지가 그렇게 하라고 지시를 한 일이야. 일개 평교사가 고급 제품만 즐기고 씀씀이가 너무 컸거든."

"박달구 선생님이 정말 무궁화 결사단 단원이었단 말이야?"

"우리는 그렇게 추정을 하고 있었지. 정보에 의하면 박 선생이 배반자일 가능성이 높다고. 그래서 결원이 있는 1학년 세 개 반 중 내가 굳이 박 선생이 담임인 너희 반을 택한 거야. 하지만 몇 개월 동안 박 선생님을 살펴보았는데 배반자라는 확신을 할 수는 없었어. 수업시간에 가끔 속 뒤집어지는 소리를 하는 것 외에는. 분명 놈들의 꾐에 넘어간 배반자가 있기는 있는데 아직 못 찾아냈어."

내가 다시 물었다.

"그럼? 만약 박 선생님이 배반자였다면 어떡하려고 했어?"

"나는 보고만 할 뿐이야. 그리고 지시대로 하고."

"아까 선생님이 귓속말로 뭐라 하셨어?"

"선생님도 내가 어떤 목적을 가지고 전학을 온 걸 나중에 눈치채셨대. 그리고 예전에 아버지가 행한 이무형 사건을 신문에서 보고 단원으로서 많이 부끄러웠대."

"그럼 왜 그동안 행동을 안 했다는 거야?"

항구가 걸음을 멈추고 대답했다.

"부산 해운대 언덕길에서 일어났던 교통사고 이후 덜컥 겁이 나더래. 나머지 가족도 잃을까 봐. 당시 무슨 협박 전화를 한 통 받았는데, 조용히 살지 않으면 나머지 가족 모두를 몰살시키겠다고 하더래."

"누가?"

"누구기는? 홍일회 놈들이지. 이무형 말이야. 쉿! 자세 낮추고 이리로."

계단을 오르고 창고를 돌아간 우리는 오리걸음으로 이층집에 바짝 접근했다. 2층에서는 놈들이 또 술판을 벌이는지 시끌벅적했다. 가정부 아주머니의 목소리도 이따금 섞여 나왔다.

"잘됐다. 어제 가정부 아줌마가 나왔던 뒷문으로 들어가 보자."

주방으로 통하는 뒷문은 예상대로 잠겨 있지 않았다.

"이 정도 규모의 집이라면 방이 최소 다섯 개는 있을 거야."

나는 방이 네 개인 우리 아파트와 비교해서 그렇게 말했다. 문을 살며시 열었다. 그러고는 조심스레 안으로 들어갔다. 주방 가스레인지 위 후드에 조그마한 불이 켜 있어서 안은 어둡지 않았다. 내

예측대로 방은 다섯 개였다. 안방에서는 텔레비전 소리가 크게 새어나왔다. 하지만 여고생 방은 잠잠했다. 이미 목포로 나간 것 같았다.

"저기가 안방이고 저기가 그 여자애 방이었지? 그리고 이 방은 가정부 방이고. 그렇다면?"

"저쪽 방."

항구가 안방과 반대쪽에 있는 방을 가리켰다. 항구가 고양이 걸음으로 다가갔다. 그리고 방문에 귀를 댔다. 고개를 갸웃거렸다.

"왜? 아니야?"

"모르겠어. 아무 소리도 안 나."

"그럼 저쪽 방인가 보다."

우리는 반대쪽 방으로 가기 위해 몸을 돌렸다. 바로 그때였다. 기침 소리가 들렸다. 여러 번 이어지는 기침 소리였다. 곧 가래침을 뱉는 소리도 났다. 안방에서 들려온 소리는 분명 아니었다.

"이 방 맞아! 노인네가 내는 기침 소리야."

항구가 다시 몸을 돌려 방문 손잡이를 잡았다. 손잡이를 조심스레 돌렸다. 방문이 열렸다. 항구가 안으로 들어갔다. 나도 따랐다. 방문을 닫았다. 캄캄했다. 잠시 뒤 어둠에 익숙해지자 희미하게나마 사물을 분간할 수가 있었다. 밖의 방범등 불빛도 약하게 스며들고 있었다. 역한 냄새가 풍기기는 했지만 방은 상당히 넓었다. 소파, 가구, 장롱 등이 보였다. 시선을 아랫목으로 돌렸다. 커다란 침대가 눈에 띄었다. 사람이 누워 있었다. 조심조심 침대로 다가갔다. 노인이었다. 노인이 가쁜 숨을 몰아쉬고 있었다. 그러나 얼굴을 확인할 수가 없었다.

"항구야, 불 켤까?"

"아니! 경비원들이 눈치챌 수도 있으니까 안 돼!"

"그러면?"

"흔들어 깨워서 물어봐야지."

항구가 허리를 굽혔다. 손을 뻗어 노인을 흔들었다.

"여보세요! 여보세요!"

몇 번을 흔들자 노인이 끄으음! 신음을 토했다.

"눈 좀 떠 보세요."

내가 좀 더 거세게 흔들었다. 그러자 노인이 눈을 떴다. 그리고 느릿느릿 왼손을 옆으로 뻗었다. 곧 사이드 탁자 위에 놓인 반구형 조명등에 손을 댔다. 터치 전등인 듯 반구형 조명등에 불이 켜졌다. 그리 밝지 않은 빛이었다. 그 빛마저 부담스러운지 노인은 눈살을 찌푸렸다. 바짝 여윈 손으로 눈을 가리기까지 했다. 사이드 탁자 위에는 약봉지가 수북했다. 그리고 탁자 옆에는 산삼, 녹용 등 온갖 보약 상자가 바리바리 쌓여 있었다. 약봉지 하나 없이 파리 떼 속에서 불편한 몸을 끌던 항구 아버지가 떠올랐다.

나는 천천히 방 안을 살폈다. 침대 옆으로 고급스런 자개 문갑이 보였다. 장롱과 한 세트로 색깔하고 자개 문양이 똑같았다. 그리고 그 위에는 큼지막한 청자와 백자가 다섯 개나 놓여 있었다. 한 개에 몇 억씩 간다는 진품임이 틀림없었다. 문갑 옆 창문 밑에 2단짜리 장검 거치대가 보였다. 거치대에는 기다란 일본도 두 개가 위아래 평행으로 올려져 있었다. 침대 반대쪽 옆에는 전동 휠체어가 한대 있었다. 그리고 화장실이 휠체어 너머로 보였다. 문이 열려 있어서 악취가 흘러나왔다.

특히 내 눈을 사로잡은 것은 방문 위쪽 벽에 걸린 사진이었다. 오래된 사진이 고급스런 액자 속에 정성스레 넣어져 나란히 걸려 있었다. 모두 두 개였다. 방문 옆벽에 걸린 길쭉한 족자도 내 눈으로 확 들어왔다. 비단 족자에는 '盡忠報國 滅私奉公(진충보국 멸사봉공)'이라는 글귀가 쓰여 있었다.

항구가 액자 속 사진들을 유심히 살펴보았다. 그러더니 어금니를 힘껏 깨물었다.

"당신이 이무형 맞지요?"

노인이 눈을 가렸던 팔을 천천히 치웠다. 창백한 노인의 얼굴이 드러났다. 머리카락이 거의 다 빠지고 몇 올만 겨우 붙어 있었다. 얼굴이 온통 주름투성이였고, 이마와 뺨, 턱에는 검버섯이 수두룩했다. 아흔 살이 넘어 보이는 얼굴이었다.

"이무형 맞지요?"

항구가 좀 더 큰 목소리로 물었다. 하지만 노인은 대답이 없었다. 두 눈동자를 좌우로 굴리며 거친 숨만 몰아쉴 뿐이었다.

"저기, 저게 당신 조부 이조일, 부친 이용우지요?"

노인이 고개를 가로저었다.

"거짓말 말아요. 당신, 이무형이 틀림없어요. 해방 이후 독립지사들과 그 후손들에게 온갖 못된 짓을 해 놓고는 여러 가지 가명으로 신분을 숨기고 살았잖아요?"

항구가 다그쳤다. 그러자 노인이 또 고개를 가로저었다.

"그러다 외국으로 이민을 간다는 거짓 정보를 흘린 뒤 이런 외딴섬으로 숨어 들어온 거고?"

노인이 입을 꾹 다물었다.

항구가 문갑을 뒤지기 시작했다. 첫 번째, 두 번째, 세 번째, 그러다 네 번째 문갑 서랍에서 무언가를 끄집어냈다. 서류였다.

"여기 증거가 있잖아?"

항구가 서류 몇 장을 노인의 코앞에 들이댔다. 광주에 있는 국립대 병원의 진료기록표였다. 내가 서류 한 장을 받아 살폈다. 맞았다. 이무형이었다. 종로 지하실 할아버지한테 들은 생년월일도 같았다.

"이무형이 틀림없어."

내가 확인을 하자 노인의 얼굴에 당황하는 기색이 역력했다. 그러면서도 연신 고개를 가로저었다.

"이 더러운 자가?"

항구가 노인의 멱살을 움켜쥐었다.

"아, 아, 아냐! 나, 아, 아냐! 나, 나는 화, 황도후, 훈……."

노인이 약한 목소리로 아니라고 말했다. 그러면서 슬금슬금 오른손을 침대 옆으로 내렸다. 의심스런 동작이었다. 아무래도 수상해 내가 얼른 그의 손을 잡으려는 순간, 노인이 오른손을 빠르게 내뻗었다. 어둠 속에서 무언가가 번득였다.

"위험해!"

나도 모르게 소리쳤다. 항구가 잽싸게 몸을 피했다. 칼이었다. 노인의 손에 단검이 들려 있었다. 단검에 스친 듯 항구가 옆구리를 움켜쥐고 허리를 굽혔다. 항구의 하늘색 반소매 티에 붉은 피가 번지기 시작했다.

"항구야, 괜찮아?"

"괜찮아. 좀 스쳤어.

항구가 발로 단검을 걷어찼다. 노인의 손을 떠난 단검은 벽에 부딪친 뒤 문갑 뒤로 떨어졌다.

그때였다. 장롱 옆 쪽문이 열리고 희미한 불빛이 비쳤다. 누군가가 우리를 보고 있었다. 가슴이 철렁했다.

"저기 누가 있어."

"뭐?"

여자였다. 웬 여자가 가만히 서서 이쪽을 살피고 있었다.

"은표야, 가서 소리 못 지르게 해!"

노인이 기침을 몇 번 했다. 항구가 다시 노인의 멱살을 움켜잡았다. 나는 잽싸게 여자에게로 다가갔다. 여자는 움직이지 않았다. 소리도 지르지 않았다. 놀란 얼굴로 입을 헤벌린 채 부들부들 떨고 있었다. 대략 스물둘이나 스물세 살쯤으로 보이는 아가씨였다.

"소리 지르지 마요!"

아가씨를 노려보며 명령했다.

"항구야, 여기 우리가 못 본 작은방이 있어. 우리 아파트 안방에 딸린 드레스룸만 해."

창문도 없는 작은방에는 침대만 하나 놓여 있을 뿐이었다. 방이 더워서 그런지 아가씨는 헐렁한 속옷 차림이었다.

"이 아가씨 이상해! 아무 말도 않고 계속 떨고만 있어. 지능도 좀 떨어지는 아가씨 같아. 어떡하지?"

"입을 틀어막고서 방문을 잠가!"

아가씨를 살짝 밀었다. 아가씨가 뒷걸음질을 해 침대로 갔다. 따라 들어갔다. 아가씨가 침대에 털썩 주저앉았다.

"말 못해요? 말?"

다그쳐 물었다. 그러나 아가씨는 아무 대답도 하지 않았다. 그저 공포에 질린 눈으로 나를 바라볼 뿐이었다. 그러더니 갑자기 무릎을 꿇고 빌기 시작했다. 두 손바닥을 비비며 연신 고개를 조아렸다.

"엎드려요."

말은 알아듣는 모양이었다. 아가씨가 침대에 엎드렸다.

"밖을 내다보거나 소리를 지르면 가만두지 않겠어요."

아가씨가 고개를 끄덕거렸다. 방바닥에 떨어져 있던 옷가지를 하나 주워 아가씨 머리 전체를 덮었다. 그러고는 불을 끄고 안방으로 나갔다. 잠금장치가 없어서 쪽방 문을 잠그지는 못했다.

항구는 여전히 노인의 멱살을 움켜쥐고 그의 죄를 추궁하고 있었다.

"지적장애인 누나야. 저 방에 감금당한 채 24시간 이 노인의 병수발을 했나 봐! 애초부터 지적장애인지, 아니면 놈들에게 폭행을 당해 그렇게 된 것인지 알 수가 없어."

"지적장애? 확실해?"

"응! 거의 확실해. 머리에 옷을 씌워 놨는데, 그냥 둬도 이 노인의 명령 없이는 저 방에서 못 나올 거야."

"아아!"

내 설명을 듣느라고 항구가 노인의 멱살을 잡은 손의 힘을 조금

뺀 모양이었다. 그 틈을 타 노인이 항구의 손을 깨물었다. 깨물고서 놓지 않았다. 항구가 억지로 노인의 입을 벌려 손을 빼냈다. 하지만 새끼손가락의 살점이 떨어져 나가 피가 흘렀다.

"이, 이, 간교하고 사악한 놈! 내가 너를 처단하러 왔다."

항구의 눈빛에 살기가 번득였다. 그것을 느꼈는지 노인이 발버둥치기 시작했다. 소리를 지르려고 입을 크게 벌렸다.

"어?"

당황한 내가 손바닥으로 얼른 노인의 입을 틀어막았다. 노인의 저항이 점점 거세졌다. 빼짝 마른 팔에서 엄청난 힘이 솟아났다.

"항구야, 어떡하지?"

"그대로 입을 틀어막고 위로 올라가 놈의 다리를 깔고 앉아!"

침대로 올라가 노인의 다리를 깔고 앉았다. 노인의 버둥거림이 약해졌으나 멈추지는 않았다.

항구가 왼손으로 노인의 목을 누르고서 오른손을 곧장 문갑 위로 뻗었다. 즉시 침대와 가장 가까운 거리에 놓인 도자기를 움켜잡았다. 부분부분 누렇게 얼룩이 지고 실금이 구불구불 나 있는 백자였다. 크기로 보아 무게가 상당할 것 같았다.

"으, 으으! 사, 살려……."

겁에 질린 노인이 최후의 발악을 해 댔다. 침대가 덜컹거렸다.

"이건 내 개인의 복수가 아니다. 우리 민족과 역사의 심판이다."

항구가 노인을 내려다보며 싸늘하게 말했다. 마치 법정에서 판사가 내리는 준엄한 선고 같았다.

"네놈들은 너무도 오랫동안 대대로 부귀영화를 누리며 살았다. 역사의 심판이 너무 늦었다."

"으으으! 사, 살려 주면 다, 다시는……."

"지옥에 가서 진심으로 사죄를 하라! 에잇!"

그 말을 마침과 동시에 항구는 백자를 높이 치켜들었다. 그러고는 아래로 힘껏 내리쳤다. 아주 냉철했고 조금도 주저함이 없었다. 한 번, 두 번, 세 번. 세 번째로 노인의 머리를 강타하자 백자는 그대로 산산조각이 나 버렸다. 머리가 온통 피투성이가 된 노인은 더 이상 움직이지 않았다. 숨소리도 없었다. 둥그렇게 뜬 눈은 벽에 걸린 액자 사진을 향하고 있었다.

# 푸른 무궁화

　나는 항구를 부축해서 보트로 돌아갔다. 항구의 옆구리는 이무형의 단검에 스친 정도가 아니었다. 상처가 꽤 깊어 출혈이 멈추지 않았다. 놈이 단검을 아주 잘 쓴다는 얘길 들었었는데 그걸 간과한 것이 결정적 실수였다. 고령의 노인이라고 방심을 한 것도 잘못이었다.

　"선생님!"

　항구를 보트 바닥에 눕히고 박달구 선생님에게 간단히 상황 보고를 했다.

　"자, 장하다. 장해!"

　박달구 선생님이 체온이 떨어져 싸늘해진 손으로 내 손을 잡아주었다. 그러고는 다시 옆에 나란히 누운 항구의 손을 잡고 흡족하게 웃었다.

"매국, 친일파 후손들이 정계, 재계, 학계에서 파, 판을 치고……, 심지어는 역사편찬위원회 위원장을 지내고, 대표 국립대 총장까지 하는……. 나, 너, 너무 부끄러웠어! 나뿐만 아니라 마, 많은 서, 선생……. 으, 쿨럭! 쿨럭!"

선생님은 기침으로 인해 뒷말을 잇지 못했다. 기침을 할 때마다 붉은 피가 울컥울컥 솟구쳤다. 항구도 옆구리를 움켜잡고 몹시 괴로워하고 있었다. 그의 옆구리에서 검붉은 피가 흘러나왔다. 문지가 눈물을 흘리며 선생님과 항구를 번갈아 살폈다.

"빨리 빠져나가야 해! 은표야, 너는 뒤에서 방향키를 잡고 있어. 나는 여기서 노를 저을게."

군인 형이 보트 가운데에 섰다. 나는 맨 뒤에서 방향키를 잡았다. 사람들의 무게로 인해 배는 밑으로 푹 가라앉았다. 바닷물이 뱃전에 찰랑찰랑했다.

"자, 출발!"

보트가 서서히 앞으로 나갔다. 그러나 속도가 제대로 나지 않았다. 워낙 낡은 배인 데다가 사람이 많이 타 약간 빨리 걷는 도보 속도에 불과했다. 설상가상, 역풍이 불어 파도까지 높아지고 있었다. 20분이 넘게 걸려 이층집 사설 선착장 앞을 통과했다. 선착장에 매어 놓은 놈들의 날렵한 쾌속보트가 흐릿한 달빛에 번득거렸다.

"형, 시동 걸까요? 시동 걸고 빨리 도망가는 게 낫잖아요?"

초조하고 불안한 마음에 내가 말했다.

"안 돼! 엔진 소리 때문에 금방 들켜. 그러면 끝장이야. 저기 저 바위를 돌아 마을 포구가 보일 때까지는 노를 저어 가야 돼!"

앞을 바라보았다. 절벽 아래 바다에 커다란 바위들이 여러 개 서 있었다. 상당히 먼 거리였다. 군인 형의 힘이 점점 빠지자 보트의 속력도 점점 더 떨어졌다. 선생님과 향구는 계속 신음을 토해 냈다. 매우 고통스러워하는 소리였다. 문지도 울음을 그치지 않고 있었다.

"어? 놈들이 나왔다."

이층집을 살펴보던 내가 소리쳤다. 술자리를 끝낸 경비원들이 나와 각자 자기 초소로 돌아가고 있었다. 군인 형이 남은 힘을 다 짜내 노를 저었다.

"은표야, 내가 걸라고 할 때 엔진 시동을 걸어야 해. 절대 미리 걸면 안 돼!"

"네, 알았어요!"

보트는 이제 모퉁이만 돌아가면 포구가 보일만 한 위치에 도달했다. 나는 방향키를 움켜잡은 채 초조하게 이층집과 초소를 번갈아 살폈다. 바다에서 가장 가까운 1번 초소 언덕으로 경비원이 오르고 있었다. 후문 언덕으로 오르는 2번, 3번 초소 경비원의 불빛도 언뜻언뜻 보였다.

"형, 이제 시동을 걸까요?"

군인 형에게 물으며 시동로프를 잡았다.

"아직 좀 더 가야 돼. 여기서는 엔진 소리 때문에 금방 들켜."

"이러다 어느 세월에 가요? 저 1번 초소에서는 우리가 보일 수도 있는데요."

"늦더라도 들키는 것보다 낫지!"

나는 어서 시동을 걸고 단 1초라도 빨리 그곳을 벗어나고 싶었다. 금방이라도 놈들이 뒤쫓아 올 것만 같았다. 더욱 불안하고 초조해지며 입안이 바짝바짝 타들어갔다. 시동로프를 잡고 있는 내 손바닥에 땀이 났다. 손바닥을 바지에 문질러 두어 번 닦았다.

바로 그 순간이었다.

"아악~!"

이층집에서 어둠을 찢는 비명이 들려왔다. 가정부 아주머니의 목소리였다. 주방을 거쳐 자기 방으로 가다가 우리의 침입 흔적을 발견한 게 틀림없었다.

"악!"

곧이어 또 다른 여자 비명이 울려 퍼졌다. 이무형의 며느리, 그 여고생의 엄마가 내지른 소리였다.

경비 반장이 뛰어나왔다. 초소로 향하던 경비원들도 다시 되돌아 내려오고 있었다.

"놈들이 도망쳤다. 잡아라!"

잠시 후, 창고 쪽에서 커다란 외침이 들려왔다. 4번 초소 경비원이 랜턴으로 우리가 묻혀 있던 모래사장을 비춰 본 것이었다.

"들켰다. 얼른 시동 걸어야 돼!"

시동로프를 힘껏 잡아당겼다.

"프덜덜덜!"

하지만 시동이 걸리지 않았다. 다시 잡아당겼다.

"프들! 프들! 프들!"

역시 걸리지 않았다. 몇 번을 해 보아도 도대체 시동이 걸릴 기미가 보이지 않았다.

"녀석들이 쾌속 보트에 타면 우리는 끝장이야. 비켜 봐! 내가 해 볼게!"

군인 형이 와서 힘껏 잡아당겼다.

"프트트틍!"

마찬가지였다. 걸릴 듯하다가 멈추기를 반복했다.

"다들 엽총 가지고 보트에 타!"

2층에서 경비 반장이 외치는 소리가 밤하늘에 울려 퍼졌다.

"뭐? 엽총? 형, 저놈들 엽총도 가지고 있나 봐요!"

"그렇다면 더 큰일이다."

군인 형이 다시 시도했다. 그러나 아무리 해도 시동이 걸리지 않왔다. 군인 형도 지쳐 버렸다.

"나랑 같이 잡고 해 봐요!"

나는 군인 형과 함께 시동로프를 움켜잡았다.

"자, 하나! 둘! 셋! 이얏!"

"프트퉁! 퉁! 퉁! 퉁!"

"된다! 된다!"

둘이서 있는 힘껏 당기자 겨우 시동이 걸렸다.

"이제 달려!"

그러나 속력이 별반 빨라지지 않았다. 노를 저어 가는 것보다야 빨랐지만 좀체 속도가 붙지 않았다. 사람 무게 때문이었다. 2인승 배에 다섯 명이나 탔으니, 애초부터 쾌속보트를 따돌린다는 건 불가능한 일이었다. 게다가 파도가 칠 때마다 바닷물이 뱃전을 넘어 들어왔다. 보트 바닥에 물이 흥건히 고였다.

"물을 퍼내자!"

군인 형과 문지가 손바닥을 모아 열심히 물을 퍼냈다. 그러나 금세 또 고였다.

마을 포구로 접어들었다. 이층집은 섬 절벽에 가려져 이제 보이지 않았다. 다행히 놈들의 쾌속보트는 아직 쫓아오지 않고 있었다. 그것도 시동이 잘 안 걸리는 모양이었다.

"계속 시동이 걸리지 않게 해 주십시오. 제발!"

나는 먹구름 속으로 숨었다 나왔다를 반복하는 반달을 보며 기도를 올렸다. 난생처음 해 보는 기도였다. 하지만 기도가 채 끝나기도 전에 뒤쪽에서 요란한 보트 소리가 귀청을 때렸다.

"이런! 스발! 놈들이 쫓아와요."

"달려! 전속력으로."

"이게 전속력이에요. 근데 어디로 가요? 형네 집으로?"

방향을 잡지 못하고 잠시 머뭇거렸다.

"그리로 가면 금방 잡히지."

"그럼요?"

"곧장 가! 저기 상풍도로."

"아, 맞아요. 가면서 내가 계속 분교 선생님한테 구원 요청을 할게요."

"좋아! 문지야, 빨리 전화해! 빨리! 그곳 사람들을 불러내 우리를 좀 도와달라고 해! 경찰도 좀 불러달라고 해!"

군인 형네 집을 지나쳐 곧장 상풍도로 달렸다. 휴대폰은 계속 연결되지 않고 있었다. 녀석들은 우리가 뭍으로 올라간 줄 알고 바닷가를 살피고 있었다. 해변에 서치라이트까지 비춰 가며 우리를 찾았다. 그 틈에 우리는 좀 더 멀리 도망가야 했다. 다행히 어두운 밤이라 우리 위치를 파악하는 게 쉽지 않을 터였다(워낙 작은 배라서 큰 파도에 자주 가려지곤 했음). 하지만 들키는 건 시간문제였다. 들키기 전에 분교 선생님과 통화가 이루어지기를 바랄 뿐이었다. 오로지 그것만이 우리의 유일한 희망이었다.

상풍도를 향해 겨우 1킬로미터 남짓 갔을 때였다.

"어? 놈들이 이쪽으로 온다."

"우리가 해변에 안 내렸다는 걸 눈치챘어!"

"가! 가! 빨리! 빨리!"

문지가 발을 동동 구르며 안타깝게 소리쳤다.

"문지야, 계속 전화를 해 봐! 나는 노를 저을 테니까!"

군인 형이 다시 노를 잡았다. 그러고는 힘껏 노질을 했다. 조금 빨라지는 것 같았다. 하지만 그건 기분상일 뿐이었다. 다급하니까 오히려 헛손질을 자주 했다. 보트도 더 흔들려 바닷물이 왕창왕창 넘어 들어왔다. 물은 어느새 발목까지 차올라 있었다.

"서라! 거기 서라!"

놈들이 쫓아오면서 핸드마이크로 소리쳤다. 하풍도에서 멀어져 상풍도가 가까워질수록 바람이 거셌고 파도도 높았다. 해류의 흐름이 빠른 탓인지 보트가 자꾸 왼쪽으로 밀렸다. 어림잡아 하풍도와 상풍도의 중간쯤 왔을 때였다.

"안 서면 발포하겠다. 거기 즉시 서라!"

마이크 소리가 높아졌다. 녀석들과의 거리는 불과 200여 미터.

"쏴! 쏴서 죽여야 해! 놓치면 우리가 다 죽어. 어서 쏴!"

다급한 목소리에 이어 총소리가 들렸다.

"탕!"

"탕!"

"탕!"

녀석들이 정말 총을 쏘기 시작한 것이었다. 총알이 귓전으로 씨웅! 씨웅! 지나갔다. 모터에도 맞아 불꽃을 튕겼다.

"놈들이 정말 총을 쏜다. 더 빨리 저어야 해!"

군인 형은 이미 손바닥이 까져 피가 흐르고 있었다. 전화는 여전히 연결되지 않았다. 재장전을 마친 놈들이 다시 총을 쏘아 댔다.

"타앙!"

"으헉!"

총소리와 동시에 비명이 들렸다. 박달구 선생님이었다. 선생님의 어깨에서 핏방울이 튀어 올랐다. 지항구의 다리 한쪽도 위로 굽혀졌다가 펴졌다. 항구도 맞은 모양이었다.

"아빠! 아빠!"

문지가 박달구 선생님을 살폈다.

"아빠! 죽으면 안 돼! 아빠!"

크게 울부짖는 문지의 목소리가 밤바다에 멀리 울려 퍼졌다.

"괜찮아. 엎, 엎드려. 위, 위험해!"

문지가 납죽 엎드렸다. 우리도 자세를 낮췄다.

"좋게 말할 때 멈춰라! 이번엔 조준 사격을 하겠다."

놈들의 서치라이트가 우리 보트를 정확하게 잡았다. 높게 일렁이는 파도로 우리 보트가 오르락내리락해서 라이트 빛이 종종 벗어나기는 했으나 놓칠 놈들이 아니었다.

"문지야, 다시 전화를 해 봐! 이 거리라면 연결될지도 몰라."

"알았어요!"

문지가 선생님을 눕혀 두고 다시 휴대폰을 걸었다. 그러나 좀체 연결되지 않았다.

"으프프프! 어디, 어느 놈부터 쏴 줄까?"

"계집애는 좋은 값에 팔아먹을 수 있으니까 살려 두고, 나머지 놈들을 조준해! 골치 아픈 놈들, 어제 그대로 죽여 없애 버릴걸."

"예! 알겠습니다, 반장님!"

우리 보트가 사정거리 안에 들자, 녀석들은 이제 여유를 부리고 있었다. 보트의 속력을 늦추며 장난스레 물었다. 뱃길을 잘 알고 있는 게 분명했다. 사실은 놈들의 보트도 건장한 체격의 어른이 네 명이나 타고 있어서 제 속도를 못 내고 있었다. 게다가 술에 취해 조종도 서툴렀다. 하지만 거리는 차츰차츰 가까워졌다.

"어떡해? 곧 잡히겠어!"

문지가 울먹거렸다. 그러면서 계속 여보세요를 외쳤다. 거리는 이제 120미터까지 좁혀져 있었다. 완전 절망 상태였다.

엽총으로 우리를 조준하고 있는 경비원들의 실루엣이 내 시야에 잡혔다. 나와 군인 형을 조준하고 있는 자세였다. 이제 조종키를 잡고 있는 경비 반장의 명령만 떨어지면 곧바로 발사를 할 태세였다. 보트가 100미터 이내로 접근해 왔다. 70미터, 60미터까지 다가오자 경비 반장이 부하들에게 물었다. 놈은 우리의 공포감을 배가시키기 위해 일부러 크게 소리쳤다.

"조준 다 됐지?"

"예, 다 됐습니다."

"하나, 둘, 셋에 쏜다."

나는 아, 죽었구나! 생각하며 고개를 떨구었다. 극도의 공포감이 파도처럼 나를 덮쳤다. 막상 죽음과 맞닥뜨리니 온몸이 부들부들 떨렸다. 하지만 군인 형은 꼿꼿이 서서 놈들을 노려보았다. 쏠 테면 쏴 보라는 자세였다. 나는 떨리는 손을 뻗어 군인 형의 옷자락을 잡았다. 그때였다. 배 바닥에 누워 있던 지항구와 박달구 선생님이 상체를 움직였다. 그러더니 서로를 껴안고 소곤거렸다. 내가 보기에 너무 고통스러워 몸부림을 치는 상대를 위로하는 자세 같았다. 바람은 더욱 거세졌고 크게 일어난 파도에 보트가 한쪽으로 많이 기울었다. 바로 그 순간, 마치 기다리고 있었다는 듯 지항구와 선생님이 서로를 꼭 껴안은 채 몸을 옆으로 한껏 굽혔다. 그 바람에 보트가 한쪽으로 더 크게 기울었다. 그와 동시에 지항구와 박달구 선생님은 그대로 바닷속으로 빠져 들어가고 말았다. 그러고는 순식간에 사라져 버렸다. 미처 손을 쓸 새도 없었다.

"앗! 항구야!"

"아빠! 아빠아~!"

나와 문지가 깜짝 놀라 소리쳤다. 군인 형도 너무 놀라 입을 크게 벌렸다. 그러나 적재 무게의 감소로 속도가 빨라진 보트는 이미 10여 미터나 앞으로 나간 상태였다.

"은표야, 돌려! 배 돌려!"

문지가 발을 동동 구르며 소리쳤다. 나는 방향키를 조종해 보트를 서서히 돌렸다. 배는 크게 반원을 그리며 돌았다. 뒤쫓아 오던 놈들은 멈춰 서서 바다 속으로 서치라이트를 이리저리 비추고 있었다. 그러다 지항구와 박 선생님을 발견하지 못했는지 다시 우리 보트로 서치라이트를 비췄다. 곧 우리를 추격할 자세를 취했다. 우리를 그냥 보내 줄 놈들이 아니었다.

나는 놈들을 노려보며 어금니를 으스러져라 깨물었다. 팔이 부들부들 떨렸다. 그건 아까 공포심에 떨던 그런 떨림이 아니었다. 분노 때문이었다. 분노가 용광로같이 끓어올랐다. 마그마처럼 용기가 치솟았다. 놈들의 보트로 곧장 돌진해 정면충돌을 해 버릴까? 그 생각이 뇌리를 스쳤다. 눈을 질끈 감았다. 속히 결정을 내려야 했다. 애드벌룬이라도 집어넣은 듯 두뇌가 급격히 팽창되어 금방이라도 터질 것만 같았다. 눈을 떴다. 어금니를 더욱 꽉 악물었다. 그리고 목이 터져라 외쳤다.

"선생님! 사랑해요! 항구야 사랑해!"

그러자마자 나는 다시 원래의 방향으로 보트를 돌렸다. 그리고서 전속력으로 달리기 시작했다. 찰나적인 순간이었지만 너무 괴롭고도 힘든 결정이었다.

"은표야! 뭐 하는 짓이야! 배 돌려! 배 돌리라고."

"......!"

문지가 내게 달려와 주먹으로 마구 때려 댔다. 군인 형은 내 행동이 무슨 뜻인지 알고 묵묵히 서 있었다.

"어서 돌리라니까."

꼬집고, 물어뜯고, 할퀴고, 문지는 조종키를 빼앗으려 안간힘을 썼다. 나는 빼앗기지 않으려고 힘을 다해 버텼다. 그러다 문지를 거칠게 밀어냈다. 가슴이 찢어질 듯 아팠지만 조종키를 빼앗길 수는 없었다.

"아빠아! 항구야!"

물이 흥건히 고인 보트 바닥에 넘어진 문지의 통곡 소리가 바다를 가득 메웠다. 아까부터 내 눈에서는 눈물이 흐르고 있었다. 군인 형도 주먹으로 눈물을 훔쳤다.

녀석들은 미친 듯이 엽총을 쏘아 댔다. 하지만 우리 보트는 녀석들의 쾌속보트와 점점 멀어졌다. 얼마쯤 더 가자 휴대폰 소리가 울렸다. 군인 형이 보트 한구석에서 휴대폰을 주워 들어 떨리는 목소리로 말했다.

"여보세요?"

울음기가 많이 섞여 있었다.

"예! 여기 우리 지금……."

잠시 나와 있던 반달이 다시 먹구름 속으로 들어갔다. 바다가 한층 더 어두워졌다. 사방이 캄캄했다. 바람 소리, 파도 소리, 엔진 소리, 그리고 우리들의 울음소리가 어둠을 가르고 밤하늘로 날아올랐다.

# 끝나지 않은 이야기

잿빛이었다. 회색 물감이라도 칠해 놓은 듯 하늘도, 땅도, 바다도, 온통 흐릿했다. 흑백영화 속의 한 장면처럼 세상은 무채색으로 변해 있었다. 내 눈에는 분명 그렇게 보였다. 날씨마저도 음산하고 을씨년스러웠다. 모두들 침울한 표정으로 늘어서서 어지러이 휘날리는 눈송이만 바라다볼 뿐 일절 말이 없었다. 눈송이는 바람을 따라 이리저리 떠돌다가 바다에 떨어져 순식간에 사라져 버렸다. 잠깐이나마 존재했다는 흔적조차 없었다. 그대로 바다가 된 것이었다. 뒤에서 울음소리가 간간이 들렸다. 나는 뒤돌아보지 않았다. 누구의 울음소린지 뻔했기에 그럴 필요를 느끼지 못했다. 사실 내 눈에도 아까부터 눈물이 맺혀 있었다. 눈송이보다 조그마한 눈물방울이 양쪽 눈꼬리에 매달려 대롱거렸다.

"자, 돗자리부터 깔아야지!"

호중이 형이 바다를 향해 돗자리를 펼쳤다. 직사각형의 왕골돗
자리에는 한 쌍의 기러기 문양이 수놓아져 있었다. 암수가 나란히
둥그런 보름달 속을 날아가는 모습이었다. 기러기 부부 몸 위로 눈
송이가 하나둘 내려와 붙었다. 그 모습이 모임의 분위기를 더욱더
숙연하고 구슬프게 했다. 순간 울음소리가 조금 커졌다. 그러나 이
내 잦아들었다. 침묵이 흘렀다. 바다보다 깊은 침묵이 얼마간 이어
졌다.

요란한 엔진 소음이 우리의 침묵을 깨뜨렸다. 갑자기 나타난 쾌
속보트가 바다를 가르며 빠르게 지나갔다. 일부러 그러기라도 하
는 것처럼 보트는 직선으로 가지 않고 완만한 에스 자 곡선을 그리
며 여봐란 듯이 지나갔다. 나는 북동쪽으로 멀어져 가는 보트를 오
랫동안 노려보았다. 보트가 완전히 사라져 보이지 않는데도 어금
니를 악물고 주먹을 불끈 쥐었다. 하지만 그뿐, 내가 당장 할 수 있
는 일이라고는 아무것도 없었다.

"후!"

한숨이 새어 나왔다. 분노와 자괴감이 혼합된 한숨이었다. 지난
4년 동안 나는 그런 한숨을 수시로 토해 냈었다. 마음을 안정시키
려 몸을 돌렸다. 옆으로 서너 발짝 걸어가서 멈췄다. 고개를 들었
다. 산 정상의 소나무 숲에 시선을 꽂았다. 그곳에도 눈이 내리고

있었다. 진녹색의 소나무 머리 위로 하얀 눈송이가 끝없이 내려앉고 있었다.

"바람이 차요. 싸게덜 허고 들어오시쇼. 울 메누리랑 바지락 칼국수 얼큰허게 끓이놓을랑게요!"

연녹색 양철지붕 집 돌담 앞에서 호중이 형 어머니가 소리쳤다. 우리와는 달리 얼굴이 환했고 입가에 붙어 있는 웃음기가 아주 진했다. 옆에는 지난 늦봄에 맞이했다는 몽골 출신 신부가 다소곳이 서 있었다. 연초록 저고리에 진분홍 치마가 그런대로 잘 어울렸다. 통통한 얼굴, 동그란 눈에는 낯선 곳에 대한 두려움보다 호기심이 더 많이 담겨 있었다. 한국말이라고는 '안녕하세요' 한 마디만 할 줄 아는 신부는 열아홉 살이라고 했다. 고등학교 1학년 학교 축제 때 들었던, 경쾌하면서도 박력 있는 〈칭기즈칸〉이라는 노래가 떠올랐다. 그래서 그런지 어린 여자지만 진취적인 기상이 서려 있는 것 같기도 했다. 몽골, 한번 가 보고 싶은 나라였다. 호중이 형과 몽골 아가씨는 상풍도 분교에서 분교장인 선우엽 선생님의 주례로 결혼식을 올렸다는 것이었다.

"자, 음식 배열을 하자고."

호중이 형의 말에 나는 박스를 펼쳤다. 그리고 속에 든 음식을 하나하나 꺼내 건넸다. 자리가 자리인 만큼 내 동작은 매우 신중하고도 무게가 있었다. 음식 진열을 지켜보던 선우엽 선생님이 천천히 물가로 걸어갔다. 파도가 밀려와 바위에 부딪쳐 부서지며 물보라를 일으켰다. 공중 높이 안개처럼 흩날리던 물보라가 가라앉고 이내 검푸른 바다가 펼쳐졌다. 선우엽 선생님은 그 바다 어느 한 지점을 응시하고 있었다. 등대인 양 꼿꼿하게 서서 전혀 움직임이지 않았다. 나도 그 지점을 찾아 뚫어져라 쳐다보았다. 두 눈이 시큰하도록 안구에 힘을 줘 살피고 또 살폈다.

"......?"

일렁이는 파도 위에 무언가가 있었다. 흩날리는 눈발 사이로 틀림없이 보였다. 바다 쪽으로 성큼 한 발짝 다가갔다. 그리고 다시 살폈다. 사람이었다. 그것도 내가 잘 아는 사람이었다. 두 명이었다. 그들이 바다에 누워 내게 손짓을 하고 있었다.

"지항구! 박달구 선생님!"

나지막이 그들을 불러 보았다. 하지만 그들은 대답하지 않았다. 희미한 미소를 지으며 파도 속으로 이내 사라져 버렸다. 아버지가 입버릇처럼 내뱉던, 함부로 친구를 사귀지 말라는 말이 떠올랐다. 흐흥! 웃음이 새어 나왔다. 나는 항구가 내 친구였다는 사실이 자랑스러웠다. 그리고 고마웠다. 홍일회의 반격에 대비해 민정수는 사무실을 옮기고, 항구 아버지와 어머니도 비밀리에 이사를 시켰다. 하지만 항구 아버지는 항구의 죽음을 알고 병세가 더욱 악화되고 말았다. 매우 안타깝게도 중절모 할아버지 또한 노환으로 태안에 있는 요양원에 입원을 하고 말았다. 민정수 일에 모든 것을 바치느라 결혼을 하지 못해 슬하에 자식 하나 없는 할아버지였다.


눈발이 차츰 잦아들며 언뜻언뜻 햇빛이 비쳤다.

"은표야, 내가 뒷정리해서 갈 테니까, 먼저 가!"

"고맙습니다."

"고맙기는 뭐가?"

나는 뒤쪽의 문지에게로 다가갔다. 다가가서 상복 소매로 눈물을 훔치고 있는 문지의 손을 잡았다. 그 순간 우리 두 사람의 손가락에 낀 은색 커플링이 반짝 빛을 뿜었다. 커플링 밑에는 지난 8월에 지팡이 할아버지가 새겨준 푸른 무궁화 문신이 있었다. 문지와 나만이 아는 비밀이었다. 문지와 똑같은 검은 상복 차림의 문지 어머니가 흰 손수건으로 눈물을 닦으며 앞장서 갔다.

선우엽 선생님이 다가왔다(우리가 제사를 지내는 동안 내내 물가에 바짝 다가가 바다를 바라보고 서 있었음).

"4년 만에 지내는 첫 제사구만!"

정확하게는 4년 5개월 만이었다. 원래는 지난 여름 7월에 지내려 한 것이었다. 그런데 비가 잦았고 두어 차례 태풍도 올라와 연기를 했다. 그리고 서로 시간을 맞추다 보니 겨울방학 때를 택하게 되었다.

"그래도 마음이 개운하지가 않아. 은표도 그렇지?"

"예! 선생님! 참, 그 당시 본의 아니게 선생님을 속여서 죄송합니다. 사실은 우리 그때 대학생 아니었습니다. 고1이었어요."

"호중 군한테 들어서 이미 알고 있었네. 그런데 은표는 어느 대학 갔어?"

"부산에 있는 지방대 갔습니다. 법대 2학년입니다."

"문지는?"

"문지도 전주에 있는 지방대 갔습니다. 사범대 2학년입니다. 역사교육과입니다."

솔직하게 대답해 주었다.

육인혁과 임서진, 현우람은 목표했던 대학 목표했던 학과에 무난히 합격을 했다. 우수한 성적이었다. 그들은 모교의 초청을 받아 후배들에게 효율적인 공부 방법에 대해 강연까지 했다고 들었다. 모교를 방문한 날, 육인혁은 임서진과 연인 사이가 되어 일제 고급 승용차를 함께 타고 왔다고 했다. 나는 잠시 그들을 떠올렸다. 그러나 얼른 지워 버렸다. '살아도 함께! 죽어도 함께!'를 외쳤던 우리의 우정은 채 3개월도 못 돼 물거품이 되고 말았다. 고등학교를 졸업할 때까지 서로 알고는 지냈으나 친구라는 감정은 생기지 않았다. 하지만 나는 그들을 비난하거나 무시하지는 않았다. 그들은 그들 나름의 선택을 한 것이기에. 요즘 민정수에서는 육인혁의 할아버지, 아버지의 과거 행적을 샅샅이 뒤지는 중이었다.

"그래도 왜 하필 법대를? 자네 아버지가 원하셨나?"

"아닙니다. 검사가 되고 싶어서요."

나는 고2 2학기 때 아버지의 허락도 없이 문과로 바꿔 버렸다. 나중에 내가 지방대 법대를 지원하자 아버지는 부자의 인연을 끊는다고 일방적인 통보를 했다. 바라던 바였다. 그날 내가 고모할머니에 대해 물었을 때, 아버지는 비겁하게도 궁색한 변명을 늘어놓았다. 한참이나 횡설수설하면서 고모할머니를 적극 두둔하고 나섰다. 모든 게 상황 때문이라는 것이었다. 즉, 본인의 의지와는 아무 상관없이 외부 환경에 의해 그렇게 되었다는 소리였다. 역겨운 상황 논리였다. 구역질이 솟구쳤다. 아버지에 대한 살의까지도 느꼈다.

"검사? 왜? 떡값이나 고급차 챙기게?"

그 질문을 해 놓고 선우엽 선생님은 허허! 웃었다. 호중이 형도 따라 웃었다. 의미 있는 웃음이었다. 겨우 5개월 동안 속전속결로 이루어진 수사와 재판 과정에서 좋지 않은 경험을 해서였다.

"저는 떡 싫어합니다. 고급차도 필요 없고요. 세상을 바르게 하고 싶어요."

"바르게?"

"예! 바르게요."

"으음!"

무슨 말인지 이해가 간다는 듯 선생님이 고개를 끄덕이며 앞장서 갔다.

나는 박스를 들고, 호중이 형은 돗자리를 들고 집으로 향했다.

"부산에서 혼자 자취해?"

"예! 자취합니다."

부산 해운대, 달맞이 고갯길이 내려다보이는 곳에 원룸을 얻어 나는 벌써 2년째 자취를 하고 있었다.

"엄마가 반찬 많이 만들어서 택배로 부쳐 주지? 다른 엄마들은 다 그런다는데."

"뭐, 가끔요."

그러나 아니었다. 밥은 물론, 두어 가지 밑반찬과 김치찌개, 된장찌개 등을 혼자 해 먹었다. 심지어 김치도 직접 담그고 빨래도 직접 손으로 했다. 주변의 추리문학관이라는 독서카페에서 책정리와 청소, 커피 서빙 알바를 하면서 생활비를 벌었다. 다행히 학비는 장학금으로 커버가 되었다.

"호중이 형, 늦었지만 결혼 축하드려요. 두 분 행복하게 오래오래 사세요."

"고마워! 하하!"

호중이 형이 쑥스럽게 웃었다.

호중이 형의 결혼과는 반대로 나의 엄마, 아버지는 끝내 이혼을 하고 말았다. 지난 5월, 대학축제 가요제에서 내가 〈백갈매기〉를 불러 인기상을 받은 날이었다. 저녁 때 과 친구들에게 삼겹살에 소주를 한턱내던 중, 문자를 한 통 받았다. 강화도 무슨 면 우체국으로 자원 발령을 받아가서 혼자 살고 있는 엄마가 보낸 것이었다. '나, 네 아빠와 오늘 이혼했다.' 그게 전부였다. 이렇다 저렇다 설명도 없었다. 지극히 사무적이고 기계적인 통지였다. 나는 담담했다. 어차피 우리 셋은 잘못된 만남이었기에 각자 헤어져 자기 길을 가는 게 옳다고 생각했다.

앞서 걷던 선우엽 선생님이 걸음을 멈췄다. 그러고는 섬 좌측 언덕을 물끄러미 바라보았다. 황 사장의 이층집이 있는 방향이었다. 선생님의 뒷모습을 살피며 다가갔다. 선생님의 뒷 머리칼이 반 넘게 하얗게 세어 있었다. 하지만 보기 좋았다. 옆에 서서 나도 같은 쪽을 바라보았다.

철저히 신분을 세탁한 황 사장은 검찰의 무혐의 처분으로 곧바로 풀려났다. 대신 경비 반장과 만(卍)자 목걸이 경비원이 단순폭행 혐의로 불구속 입건되어 각각 벌금 30만 원과 20만 원을 선고받았다. 그것도 박달구 선생님, 항구, 나에 대한 폭행이 아닌, 6개월 전에 행해졌다는 어느 외국인 선원에 대한 폭행 혐의 때문이었다. 내가 입은 상처는 산에서 굴러 떨어지다 생긴 것으로 받아들여졌다. 더욱 기가 막힌 것은 나의 진술은 단 한마디도 증거로 채택되지 않았다는 점이었다. 미성년자라 진술에 신빙성이 없다는 게 그 이유였다.

더더욱 놀란 게 있었다. 나는 항구와 함께 황 사장 아버지 이무형을 처단했다고 자백을 했었다. 처벌도 달게 받고, 그 사실을 세상에 널리 알리기 위해서였다. 그런데도 어찌 된 일인지 그 부분은 수사조차 이루어지지 않았다. 이무형은 고령으로 자연사를 했다는 사망진단서를 발급받아 3일 후에 화장을 했다는 것이었다. 그러고는 어딘지 알 수 없는 선산에 초호화 분묘를 만들어 안장을 했다고 했다. 결과적으로 박달구 선생님과 지항구만 흔적도 없이 사라지고 만 것이었다.

사건 한 달 후에야 진행된 현장 조사에서 경찰이 아무것도 밝혀내지 못했기 때문이었다. 화가 난 선우엽 선생님이 지방신문에 제보를 하고 관계기관에 탄원서도 넣었으나 황 사장을 상대하기에는 역부족이었다. 박달구 선생님과 지항구의 시신이 발견되지 않아 전혀 힘을 쓸 수가 없었다. 정황상 황 사장 측이 시신을 수거해 비밀리에 처리를 한 것이 분명했다. 그러나 심증만 있을 뿐 물증이 없었다.

나와 문지가 그동안 조사한 바에 의하면 새우잡이는 황 사장의 표면적인 위장 사업이었고, 실제 그가 막대한 돈을 벌어들이는 사업은 바로 밀항 사업이었다. 일본에 가면 아주 쉽게 큰돈을 벌 수 있다고 가출청소년과 부녀자를 유인해서 일본 유흥업소로 넘겨주는 것이었다. 그것은 일종의 인신매매 사업으로 일본의 국제 인신매매 조직과도 연결되어 있음이 분명했다. 일본 극우단체인 신풍회의 자금도 유입되었을 가능성이 높다는 첩보도 있었다. 하지만 아직 입증할 수가 없었다. 문지와 나는 여건이 준비되는 대로 황 사장의 뒤를 철저히 캐 보기로 마음먹었다. 어쩌면 목숨까지 걸어야 할 그 일에 호중이 형도 적극 동참하겠다는 약속을 해 줬다. 이미 전국적으로 상당수의 청년들이 참여의 뜻을 밝혀 왔다.

선우엽 선생님이 몸을 우측으로 천천히 돌렸다. 그러고는 상풍도 쪽을 지그시 바라보았다.

"학교가 오래 못 갈 것 같아."

그 얘기는 호중이 형한테 들은 것이었다. 분교가 곧 폐교될 것이라고. 현재 있는 6학년 두 명이 내년 2월에 졸업하면 자연히 폐교가 된다는 말이었다. 그런데 문제는 그 분교를 황 사장이 사들이려 한다는 사실이었다. 분교를 사들여 완전히 헐어내고 1000여 평이 넘는 그 터에 5층짜리 현대식 정신요양원을 설립할 예정이라는 소문이 떠돈다고 했다. 미리 군 교육청에 손을 써 놓은 게 확실하다고 호중이 형은 덧붙였다. 겉보기에나 요양원이지 황 사장은 그곳을 다른 목적으로 사용할 것이 뻔했다. 그리고 또 호중이 형의 말에 의하면, 작년 2월 황 사장은 상풍도 노인회관에서 이틀 동안이나 대대적인 잔치를 벌였다는 것이었다. 자기 딸이 서울대 법대에 차석으로 입학했다며 벌인 잔치로 섬사람들 전부가 참석해 크게 축하를 해 줬다는 말이었다. 국회의원과 군수는 물론 관할 경찰서장도 왔다는 것이었다.

"황 사장은 이미 하풍도 땅을 95퍼센트나 사들였어. 벌써 상풍도 뒤쪽 해송 숲 속에다 청소년 수련원을 짓고 있고. 그 수련원 이름이 애국관이야. 허허허!"

"⋯⋯!"

"놈은 차기 국회의원을 노리고 있다는 거야. 재작년부터 여기저기 곳곳에 돈을 펑펑 쓰며 민심을 많이 얻고 있어."

"⋯⋯!"

"자넨 정의가 대체 뭐라고 생각하나?"

선우엽 선생님이 심각한 표정으로 물었다. 목소리가 무거웠다. 나는 잠시 망설이다가 느리게 대답했다.

"제가 어느 책에서 봤는데, 힘이 곧 정의라 하던데요."

그렇지만 그것은 내가 하고 싶은 대답이 아니었다. 그 질문에는 솔직하게 대답하고 싶은 마음이 없었다. 정의가 곧 힘이 되어야 합니다, 라고 말하고 싶었다. 내 대답에 선생님은 아무 반응도 나타

내지 않았다. 단지 한숨만 길게 한 번 토해 냈을 뿐이었다.

"가시죠, 선생님! 저기 호중이 형 어머니께서 빨리 오라고 손짓하시네요."

"응! 그래, 더 말해 무엇하나? 가서 바지락 칼국수나 한 그릇 먹자고."

선생님과 나는 다 떠나고 달랑 한 채만 남은 호중이 형네 집으로 걸음을 옮겼다.

다시 날씨가 흐려졌다. 하늘에서 눈송이가 또 날리기 시작했다. 꽤 큼직한 것이었다. 엄지손톱만 한 하얀 눈송이가 부드럽게 춤을 추다가 내 어깨 위에 하나둘 내려앉았다. 마치 별이 떨어져 내려앉는 듯해, 우울하던 기분이 한결 나아졌다. 뒤쪽 바다에서는 파도 소리를 몰고 흰 갈매기 서너 마리가 나를 따라왔다.

## 작가의 말

　박기서라는 사람이 있다. 10여 년 전 백범 김구 선생을 암살한 안두희의 죄를 물어 죽인 사람이다. 오랜 추적 끝에 인천에 숨어 살던 안두희를 찾아내 스스로 '정의봉'이라고 쓴 몽둥이로 처단한 것이다. 물론 그는 안두희와 사전 일면식도 개인적 원한도 없었다. 단지 끓어오르는 정의감에서 행한 일로, 민족과 역사의 죄인인 안두희가 천수를 다 누리고 자연사하는 것을 보고 있을 수가 없었다고 한다.

　백범 김구 선생의 암살범 안두희는 어떤 인물인가? 일본에서 대학교육을 받은 엘리트요, 육군 장교였다. 백범 암살 후 그는 승승장구를 거듭해 대령으로 예편했다. 그 이후로도 비호세력의 철저한 보호 아래 군납 업체를 경영하며 부를 축적, 한때는 강원도에서 전체 두 번째로 소득세를 많이 납부할 만큼 큰돈을 벌었다. 그는 상황이 자기에게 불리해지자 이름을 바꾸고, 위장 이혼을 하고, 가족을 해외로 빼돌리기도 했다.

박기서 씨는 160센티미터의 작은 키에 몸집도 왜소하다. 게다가 무슨 이념이나 주의 주장에 세뇌된 사람도 아니다. 집안 사정으로 학교도 초등학교밖에 다니질 못했다. 그는 이렇게 말했다. "많이 배운 사람들이 학식에 걸맞은 바른 행동을 하는 경우가 많지 않습니다. 근대 이후 우리 역사를 보면 저같이 못 배운 사람들보다는 배운 사람들이 못된 짓을 한 경우가 더 많았다고 생각됩니다. 저는 쓰레기를 치우는 청소부의 심정으로 거사를 했습니다." 대단한 정의감이다. 그는 살인죄로 3년형을 선고받고 복역하다 출소했다.

우리는 누구나 정의를 좋아한다. 그러나 세상은 정의롭지 않은 면이 너무 많다. 특히 우리나라 근현대사에 있어서 더욱 그렇다. 망해야 될 자가 흥하고, 흥해야 될 자가 망하는 기막힌 역사의 부조리. 도둑질한 놈이 도리어 매를 들고 주인에게 달려들어 기세도 당당히 주인을 치죄하는 적반하장의 어이없는 현상. 우리 역사에서 이런 주객이 전도된 일이 실제로 일어났고 아직도 계속되고 있다. 참으로 부끄러운 일이 아닐 수 없다.

『정의의 이름으로』는 박기서 씨의 안두희 처단 사건에서 모티

브를 얻은 작품이다. 그 사건 보도를 접하고 즉시 소재로 택해 계속 구상을 해 왔다. 이 책은 청소년들에 의해 발생한 어떤 살인 사건에 초점이 맞춰져 있다. 모은표와 지항구가 이무형이라는 고령의 노인을 살해한 것이다. 살해 동기는 이무형이 악덕 친일파의 괴수라는 것. 그는 주요 친일파의 후손으로 대대로 호위호식하며 비참하게 살고 있는 애국지사의 후손들을 괴롭혔던 인물이다.

이 살인 사건을 우리 청소년들은 어떻게 볼 것인지 알아보고 싶었다. 그들에게 이것은 충동적 살인인가? 역사의 심판인가? 라는 질문을 던지고 싶었다. 아울러 역사 정의란 과연 어떤 방법으로 이루어야 하는지를 묻고 싶었다. 어린 청소년들에게 다소 무거운 질문임을 안다. 하지만 이런 질문을 잠시나마 생각해 봄으로써 우리 청소년들이 굴곡되고 얼룩진 한국 근현대사에 대한 안목을 좀 더 넓혀 주었으면 좋겠다. 비록 정의의 실현자가 되지는 못할지라도 정의의 옹호자는 되도록, 이 책이 청소년들의 가치관에 문학적 자극제가 되기를 바라 마지않는다.

책을 다 써 놓고 보니 두려움이 밀려든다. 나름대로 정성을 들이기는 했으나 부족함이 많아서다. 매우 의미 있는 문제를 어설프게 다룬 것 같아 아쉬움이 크다. 하지만 어쩌랴? 청소년 독자들에게 생각할 거리를 던져 준다는 것을 의미로 삼을 수밖에.

보잘것없는 졸고를 책으로 발행해 준 자음과모음에 감사를 드
린다. 그리고 책이 나오기까지 많은 수고와 도움을 아끼지 않은 편
집부에도 심심한 사의를 표하는 바이다.

2011년 12월

양호문

# 정의의 이름으로

ⓒ 양호문, 2011

초판 1쇄 발행  2011년 12월 27일
초판 4쇄 발행  2022년 6월 17일

지은이 | 양호문
펴낸이 | 정은영

펴낸곳 | (주)자음과모음
출판등록 | 2001년 11월 28일 제2001-000259호
주    소 | 10881 경기도 파주시 회동길 325-20
전    화 | 편집부 (02)324-2347, 경영지원부 (02)325-6047
팩    스 | 편집부 (02)324-2348, 경영지원부 (02)2654-7696
E-mail | jamoteen@jamobook.com
블로그 | blog.naver.com/jamogenius

ISBN  978-89-544-2706-7(43810)